Georg van Brakel

Grenzgänger

Kurzgeschichten

Georg van Brakel

Grenzgänger

Geschichten aus dem Leben und über das
Leben

Bibliografische Information der Deutschen Nationalbibliothek

Die Deutsche Nationalbibliothek verzeichnet diese Publikation in der Deutschen Nationalbibliografie; detaillierte bibliografische Daten sind im Internet über http://dnb.d-nb.de abrufbar.

©2008 Georg van Brakel
Herstellung und Verlag: Books on Demand GmbH, Norderstedt
ISBN: 978-3-8370-4607-6

Inhaltsverzeichnis:

Widmung und Danksagung

Dieses Buch ist meiner verstorbenen Frau Katharina gewidmet. Viele der Geschichten in diesem Buch haben mir geholfen, mit dem Erlebten fertig zu werden…

Danke an all die Freunde, welche immer fest daran geglaubt haben, dass dieses Buch wirklich geschrieben wird.

Ein ganz besonderer Dank geht an Saskia, die mich wieder zurück ins Leben geführt hat.

Intensivstation

Jetzt sitze ich hier mit Tränen in den Augen und muss diese Zeilen schreiben um Ruhe zu finden. Wir sind im November 2004. Ich sitze in meinem Fernsehsessel und schaue gelangweilt eine Krankenhausserie.

Frau Möller muss operiert werden. Durch Ihren schlechten Allgemeinzustand birgt die OP zahlreiche Risiken. Aber bei Professor Simmer, Dr. Kramer und Frau Dr. Fischer scheint Frau Möller in besten Händen. Plötzlich wird es dramatisch: Die Herzfrequenz erhöht sich erst extrem, dann kommt es zum Herzstillstand. Aber das routinierte Team der Ärzte holt sie schnell ins Leben zurück, die OP klappt und Frau Möller landet auf der Intensivstation. Ihr Mann, der draußen vor dem OP wartet, wird mit ernstem Gesicht davon informiert, das es seiner Frau nicht gut ginge. Der Mann geht nun zu seiner Frau. Er trägt einen grünen Kittel und Mundschutz. Von außen schaut er zuerst durch ein Fenster auf seine Frau, die mit frisch frisierten Haaren im Bett liegt. Ein stiller Raum, in angenehmen Minttönen gehalten, die Frau braucht schließlich Ruhe. Ständig schaut jemand der Ärzte nach Frau Möller. Sie wird künstlich beatmet. Eine grüne Vorrichtung hat Sie deshalb im Mund, durch die ein Schlauch eingeführt wurde. Im Hintergrund steht eine Apparatur, durch die Medikamente in Ihren entspannten Körper fließen. Ich denke bei mir, das Frau Möller die Sache wohl bestens überstehen und das Team um Professor Simmer wohl für alle Eventualitäten gerüstet sein wird.

Meine Gedanken schweifen in der Zeit zurück, wir haben Anfang Oktober 2003 und ich sitze im Auto auf dem Weg zum Krankenhaus. Meine Frau sollte heute Morgen untersucht werden und wir hatten uns gestern Abend verabschiedet, mit dem Versprechen uns um 12:00 Uhr nach den Untersuchungen zu sehen. Unterwegs greife ich zum Autotelefon um mich zu erkundigen, ob meine Frau schon wieder auf dem Zimmer ist. „Bitte warten Sie einen kleinen Moment", mit diesen Worten stellt man mich in eine Warteschleife. Irgendwie steigt Angst in mir auf. Plötzlich meldet sich eine müde Männerstimme, die mein ungutes Gefühl bestätigt und mir lakonisch mitteilt: „Ihre Frau musste zur Untersuchung in das Städtische Klinikum verlegt werden und ist dort währenddessen ins Koma gefallen. Bitte wenden Sie sich dort an den Pförtner." Ein Schlag in die Magengrube.

Beinahe übersehe ich einen Fußgänger der unvorsichtig über die Strasse hastet, ohne auf den Verkehr zu achten. Zitternd wende ich und fahre in das riesige Krankenhaus am anderen Ende der Stadt. Unterwegs telefoniere ich mit meiner und der Familie meiner Frau. Überall nur lähmendes Entsetzen und Unverständnis. Vor drei Wochen schien Katharina doch noch völlig gesund zu sein.

In der Klinik erkundige ich mich nach meiner Frau und man beschreibt mir den Weg. Trotzdem verirre ich mich in den kalten, unübersichtlichen Gängen und es dauert eine Weile, bis ich die richtige der fünf verschiedenen Intensivstationen gefunden habe. Endlich stehe ich vor einer großen geschlossenen Schiebetür aus Metall, welche mich direkt an ein Schlachthaus erinnert. Auf mein klingeln meldet sich jemand über den Sprechapparat und fordert mich auf, auf dem Flur Platz zu nehmen und zu warten. Ich setze mich auf einen der billigen, orangefarbenen Stühle und versuche ein wenig zu sehen, was um mich herum geschieht. Rechts von mir stehen zwei Container für Müll und Schmutzwäsche. Der Geruch nach Desinfektionsmittel und Medikamenten ist unangenehm und ich empfinde es fast als unerträglich. Aus dem Fahrstuhl gegenüber kommt ein Mann im grauen Kittel, der einen blauen Wagen schiebt und die Wäsche und den Müll abholt. Pfleger kommen vorbei und schieben Patienten von Irgendwo ins Nirgendwo. Nach kurzer Zeit schon sind die Behälter neben mir wieder mit Müll und Schmutzwäsche gefüllt. Dann, ungefähr nach einer Stunde öffnet sich die große, kalte Metalltür und ein junger Arzt, der recht übermüdet wirkt, öffnet mir. Er erklärt mir, dass meine Frau während der Untersuchung diverse Organversagen erlitten hat und es jetzt vorrangig sei, als erstes die Nierenfunktion wieder in Gang zu bekommen. „Ich bin sehr optimistisch, das alles gut wird, sofern wir die Nieren …"

Ich höre gar nicht mehr richtig zu und will endlich einfach zu Ihr um sie zu sehen und ihre Hand halten zu können. „Bitte warten Sie hier noch etwas, wir holen Sie dann gleich herein. Ziehen Sie einen der Kittel dort aus dem Schrank über und desinfizieren Sie sich die Hände dort am Waschbecken". Ich greife mir einen der alten, grauen und verwaschenen Kittel, die so gar nichts von dem haben, was ich mir vorgestellt habe. Ich schaue mich in dieser Schleuse zwischen den Welten der Kranken und Gesunden um. Kahle, gelbe Wände mit Wasserflecken. Einer der Flecken sieht aus wie eine Fratze und scheint mich anzugrinsen. Es gelingt mir kaum, den Blick davon abzuwenden. Ein Riss zieht sich über die eine Wand und das altertümliche Waschbecken mit dem Desinfektionsspender befindet sich in einer Ecke. Ein Schild weist darauf hin, das die Hände vor dem Betreten und nach dem Verlassen der Intensivstation unbedingt zu reinigen seien. Nachdem ich fünfzehn Minuten in dieser kahlen Hölle gewartet habe, ist es endlich soweit. Eine verhärmt wirkende Schwester öffnet mir die Türe und weist mit einem kurzen Wink darauf hin, dass meine Frau sich am Ende des Flures rechts im Zimmer befände.

Irritiert schaue ich mich um, als man mich so einfach stehen lässt. Auf dem Flur ist es kalt und das Neonlicht strahlt hart und brutal von der Decke. Es stehen Betten, Kisten, Aktenschränke und andere Gegenstände auf dem Flur herum. Mit schweren, angstvollen Schritten bewege ich mich langsam in die Richtung, in der ich meine Frau finden soll. Irgendwie ist alles anders hier, als ich es mir vorgestellt habe. Wo ist die Ruhe? Die angenehmen Farben und die sanfte Beleuchtung? Ein Professor Simmer und seine Leute sind auch nirgends zu sehen. Die Atmosphäre erinnert mehr an eine Fabrik, als an ein Krankenhaus. Ich bin wohl nicht der einzige, der irritiert ist, denn ich höre eine Frau fragen, ob denn die ganze Zeit ein Arzt bei ihrem Mann sei und, warum er nicht in einem Einzelzimmer läge, wo es ihm doch so schlecht ginge. Es hetzen Pfleger und Schwestern an mir vorbei und eine von ihnen bemerkt bissig auf die Frage der Frau zu Ihrer Kollegin: „Die schaut wohl zuviel Arztserien!" Links an einer Türe steht ein Schild: Wachraum. Hier befinden sich viele Monitore; Einige davon blinken und ein ständiges piespen ist zu hören.

Der Arzt, der mich vorhin begrüßt hat, sitzt dort und erledigt Schreibarbeiten. Ich spreche ihn an, worauf er mich zu meiner Frau begleitet. Ich erlebe den nächsten Schock. Das „Krankenzimmer" ist ein Saal, in dem acht Betten stehen, die durch billige Plastikvorhänge abgeteilt werden können. Das erste was ich wahrnehme, ist ein regelmäßiges Tickgeräusch. Ein nackter Mann wird eben von zwei Schwestern umgedreht und gewaschen. Keiner gibt sich die Mühe, den Vorhang zu zuziehen. Jetzt sehe ich endlich meine Frau und erkenne auch gleich die Ursache für das Tickgeräusch. Ein Schlauch geht in ihren Mund, fixiert durch einen Mullverband, der um Kinn und Nacken läuft.

Künstliche Beatmung! Ihr Brustkorb hebt und senkt sich im Rhythmus des Tickens. Am Kopf, Schlüsselbein und Oberkörper sind zahlreiche Drähte und Schläuche befestigt. Hinter dem Bett stehen ein Monitor und eine Apparatur durch die über die zahlreichen Schläuche Medikamente in ihren Körper fließen. Ich sehe jedes Detail mit absoluter Klarheit. Ihr Haar ist verschwitzt, das Gesicht wirkt aufgedunsen. Unter den halb geöffneten Augenlidern sehe ich, dass sich die Augäpfel ganz braun verfärbt haben. Hilflos sehe ich zu, wie eine Schwester ans Bett tritt, den Monitor abliest und einige Notizen macht. Ich halte die schweißnasse Hand meiner Frau, als plötzlich der Monitor, der die Herzfrequenz und den Blutdruck überwacht, Alarm schlägt. Keine der beiden Schwestern, die den Mann waschen, reagiert und ich laufe in den Wachraum, der gerade völlig leer ist. Als ich jemanden auf dem Flur anspreche, begleitet er mich zu meiner Frau und schaltet den Monitor - Alarm aus. „Das ist nicht schlimm, das passiert dauernd" Ich begreife es nicht: Er soll nach meiner Frau schauen und schaltet nur den Alarm am Monitor aus. Inzwischen sind mehrere Stunden vergangen und ich bin hilflos, wie noch nie in meinem Leben. Man sagt mir, ich soll nach Hause fahren „Wir informieren Sie sofort, wenn sich etwas tut."

Verzweifelt und nur widerwillig fahre ich nach Hause. Am nächsten Tag fährt unser Sohn mit zum Krankenhaus und ich sehe, wie schockiert er ist, als er seine Mutter so sieht. Endlich habe ich die Kraft mich durchzusetzen und ein längeres Gespräch mit einem Arzt zu führen. Der Mann ist offen und direkt zu mir als er mir sagt, dass es keine Hoffnung mehr gibt. Dieses Gespräch ist ehrlich und ich bin froh, dass der Arzt so mit mir redet. „Es kann jeden Moment vorbei sein, es können aber auch Tage vergehen, da Ihre Frau ein starkes Herz hat." Am späten Nachmittag fahre ich nochmals in die Klinik und ich weiß, dass es der letzte Besuch sein wird. Jetzt verstehe ich die Worte meiner Frau, die in der Altenpflege arbeitete und immer davon sprach, das Menschen die sterben ein blasses Dreieck zwischen Wangen und Kinn bekommen. Das blasse Dreieck brennt sich förmlich in mein Gedächtnis. Um 19:00 Uhr klingelt das Telefon und ich ahne, dass von nun an nichts mehr so sein wird, wie es einmal war.

Als meine Gedanken wieder in die Gegenwart zurückkehren, sehe ich wie Herr Möller seine Frau strahlend umarmt und der Professor und sein Team mit strahlenden Gesichtern in dem sauberen, freundlichen Raum mit den leisen

Apparaturen hinter ihr stehen und der Abspann langsam über den Bildschirm flimmert.

Terror

11. September 2001, 13:43 Uhr Ortszeit, Miami International Airport.

Die Welt hält den Atem an. Alle Flüge sind gestrichen. Der elegant gekleidete Mann steht in der Wartelounge mit seinen beiden Kollegen und den anderen Reisenden vor dem riesigen Bildschirm und betrachtet erschüttert die fürchterlichen Bilder des brennenden World Trade Centers. Inzwischen ist durchgesickert, dass es sich um einen Terroranschlag handeln soll. Erregt redet er mit seinen beiden Kollegen und fragt sich, wie Menschen so etwas tun können. Da der Ton des Bildschirms abgestellt oder defekt zu sein scheint, sucht er in seiner Reisetasche nach dem kleinen Weltempfänger, welchen er auf Geschäftsreisen immer dabei hat. Unsicher, ob dieses überhaupt auf Flughäfen erlaubt sei, schaut der Mann sich um und schaltet es vorsichtig ein und steckt sich den kleinen Ohrhörer unauffällig ins Ohr. Einige Leute telefonieren aufgeregt mit Ihren Handys. „Es sollen noch mehr Terror-Flugzeuge in der Luft sein. Das ganze Land hier scheint in Panik zu verfallen." Seine beiden Kollegen sehen ebenfalls völlig fassungslos zu, was in diesem Moment über die Bildschirme der ganzen Welt flimmert.

Auf einmal scheint ein Tumult irgendwo außerhalb der Lounge zu entstehen. Plötzlich gehen die automatischen Türen auf und mehrere vermummte, schwarz gekleidete Männer mit Maschinenpistolen stürmen in dem Raum. Die Menschen schreien und drängen sich in die hintersten Ecken. Viele werfen sich auf den Boden oder verstecken sich hinter Getränkeautomaten oder Stühlen. Alles spielt sich in Sekunden ab und der Mann sieht, vor Furcht erstarrt, wie sein Kollege auf die Furcht erregenden Männer zugeht und dafür mit dem Schlag eines Gewehrkolbens in den Bauch belohnt wird. Es scheint dem Mann, als sei der Terror, den er eben nur auf dem Bildschirm sah, nun auch direkt hier an diesen Ort gekommen. Nackte, entsetzliche Angst erfüllt den Mann als plötzlich einer der Angreifer nach seinem Handgelenk greift und ihm schmerzhaft den Arm auf den Rücken dreht. Gleichzeitig reißt ein anderer ihm den kleinen Ohrhörer weg und stülpt eine Kapuze über seinen Kopf.

Laut hört er, während man Ihn zu Boden drückt und die Hände fesselt, die gebrüllten

Kommandos in dieser, für Ihn fremden Sprache. „Jetzt sterbe ich wohl" ist sein einziger Gedanke und sein gesamter Körper bebt vor Furcht. Grob durchsuchen Ihn derbe Hände. Er spürt, wie Ihm seine Flugtickets, sein Pass und alles andere was er bei sich trägt, weggenommen werden. Dann zerrt Ihn jemand wieder heftig auf die Beine und führt Ihn weg. Immer noch hört der Mann gebrüllte Kommandos und Schreie der Angst und Panik. Irgendjemand drückt Ihn auf einen Stuhl und zieht im die Kapuze vom Kopf. Fassungslos und immer noch vor Angst zitternd schaut sich der Mann um. Ein kleiner Raum in dem außer einem Maskierten und Ihm niemand ist. Die Wände sehen kahl und kalt aus. Es scheint, als sei dieser Raum absichtlich abschreckend. Ein leerer Tisch und ein weiterer Stuhl sind die einzigen Möbel hier. Vorsichtig schaut er seinen Wächter an und sieht durch den Sehschlitz in der Maske des Mannes nur diese kalten, dunklen Augen. Der Furcht einflößende, schwarz gekleidete Mann rührt sich nicht, bis aus seinem Funkgerät ein Befehl ertönt. Ohne ein Wort zu sagen verlässt er das Zimmer, schließt die Türe von außen ab und lässt den Fluggast mit seiner Angst und seinen Gefühlen alleine.

Jetzt versucht der Mann seine Gedanken zu ordnen, aber das einzige was Ihm in den Sinn kommt, ist seine Familie und ob er diese jemals wieder sehen wird. Klare Gedanken sind ihm nicht möglich. Die Furcht lähmt ihn völlig. Kein Zeitgefühl, Minuten? Stunden? Er schwitzt schrecklich, obwohl im gleichzeitig nur noch kalt ist und total zittert. „Was wollen diese Männer von mir? Wie geht's meinen Freunden, den anderen Reisenden?"

 Auf einmal öffnet sich die Tür und ein Mann ohne Maske, in einem grauen Anzug betritt den Raum, fordert in mit Gesten auf, zu folgen. Stumm und hoffnungslos folgt der Mann dem grauen Anzugträger zu einem Tresen an dem bereits mehrere Personen in schwarzer Kleidung warten. Auch seine Kollegen, einer mit einer sichtbaren Verletzung im Gesicht, stehen dort. Jetzt kommt die Angst zurück: „Was wird jetzt mit uns geschehen?" Als er die Gruppe erreicht, wird der Mann zum ersten Mal in normalem Ton angesprochen. Ein kleiner schmächtiger Mann erklärt Ihm in seiner Sprache, er sei Dolmetscher. „Herr Machmedi, es tut uns Leid, was mit Ihnen und Ihren beiden Kollegen passiert ist. Wir sind jedoch informiert worden, dass Sie sich in der Lounge auffällig verhalten haben. Sie verstehen sicherlich, dass an solch einem Tag aufgrund der Geschehnisse und Ihres arabischen Aussehens, im Sinne unserer nationalen Sicherheit diese Maßnahmen notwendig waren. Nachdem jetzt Ihre Identität einwandfrei feststeht, wünschen wir Ihnen einen angenehmen weiteren Aufenthalt in den USA bis Sie wieder nach Saudi-Arabien zurückfliegen können." Damit dreht sich der kleine Mann zu den anderen Personen um und die Gruppe geht ohne ein weiteres Wort der Erklärung oder des Bedauerns davon. Alleine steht Herr Machmedi mit seinen beiden Kollegen in der Halle, sprachlos, hilflos und versucht zu verstehen, was passiert ist.

Abhängig

Schon wieder sitze ich hier und weine. Du Schwein hast mich wieder geschlagen. Ich hatte Dich beim letzen Mal gewarnt, dass ich dich verlassen werde, wenn das noch mal passiert. Und es passiert trotzdem immer häufiger. Ich verstehe deine Aggression mir gegenüber einfach nicht. In den ganzen fünf Jahren die wir nun schon verheiratet sind, hast Du mich immer wieder gedemütigt und geschlagen. Ich habe es einfach hingenommen und deine fadenscheinigen Ausreden gelten lassen, weil ich dich doch trotz allem irgendwie immer noch liebe. Nach und nach habe ich den Eindruck gewonnen, dass Du Befriedigung dabei empfindest, wenn ich leide.

Aber es wird sich nun alles ändern, ich werde wieder mein Leben in die eigene Hand nehmen und dich endgültig verlassen. Gleich morgen früh werde ich meine Koffer packen und zu einer Freundin gehen. Ich kann einfach so nicht mehr weitermachen mit diesem zerstörerischen Weg. Nachdem was gestern passiert ist, bleibt mir keine andere Wahl. Ich bin nicht mehr bereit das hinzunehmen; Ich werde mich von Dir und dem Schreckgespenst befreien, welches Du inzwischen für mich geworden bist …

Sonntagmorgen 4:30 Uhr, Sie hört den Schlüssel in der Haustür und stellt sich schlafend. Sie bemerkt durch die geschlossenen Lider, wie das Licht auf dem Flur angeht und Ihr Mann leise ins Schlafzimmer kommt. Sie hört wie er sich entkleidet und sich neben Ihr ins Bett legt. Sie spürt, wie seine Hand nach ihrer Brust tastet und er sein Gesicht in ihre Richtung dreht. Sein Atem stinkt nach Alkohol. Sie denkt angsterfüllt: „Hoffentlich ist er betrunken genug, dass er einschläft." Die Vorstellung, ihm jetzt zu Willen zu sein, erfüllt sie mit Schrecken, Abscheu und Ekel. Als sie dann erleichtert bemerkt, dass er wirklich eingeschlafen ist, denkt sie noch mal an den letzten Abend zurück und sie spürt wieder den Schmerz, den seine Schläge Ihr verursacht haben. Leise schluchzend weint sie sich in einen unruhigen Schlaf.

8:30 Uhr, der Wecker klingelt und sie geht ins Bad, während er sich noch einmal umdreht. Als sie auf dem Weg ins Bad ist, sieht sie auf der Kommode im Flur eine billige Packung Pralinen aus dem Tankstellenshop und einen abgerissenen Zettel und sie weiß: seine

Standartentschuldigung. Sie beachtet das lieblose Arrangement nicht und geht unter die Dusche um anschließend das Frühstück zu richten. Während sie das wohlig warme Wasser auf ihrer Haut spürt, entspannt sie sich etwas und stellt fest, dass ihre Wut von gestern fast verraucht ist. Sie schließt die Augen und dabei gehen Ihr viele Gedanken durch den Kopf. Sie lässt den letzten Tag noch einmal vor ihrem geistigen Auge ablaufen und beginnt wieder mal, die Ursache bei sich zu suchen: „Eigentlich bin ich es ja Schuld, was gestern Abend mal wieder passiert ist. Ich habe ihn eben provoziert. Ich wusste ja, dass er gestresst ist, nach dem langen Arbeitstag, den er hinter sich hatte. Und warum musste ich auch darauf bestehen, dass er etwas mehr auf mich eingehen soll, das er sich kümmern soll." Je länger sie darüber grübelt, desto mehr ist sie der Überzeugung, dass sein Verhalten berechtigt ist und seine Reaktionen verständlich. Immer neue Entschuldigungen für ihn zieht sie wie die weißen Kaninchen aus ihrem geistigen Zylinder. Es ist ganz klar: Sie hat sich alles selber zuzuschreiben. Und eigentlich ist er doch ein guter Mann. Er sorgt für sie, verdient recht gut, sieht immer noch ganz passabel aus und auch Ihre Freunde und seine Kollegen mögen ihn alle. „Wenn alle ihn mögen, dann muss es ja an mir liegen." denkt sie bei sich. Als sie im Bad fertig ist, nimmt sie schließlich doch die Schachtel Pralinen und liest seinen Brief:

Hallo Lisa,

wegen gestern Abend tut mir Leid, aber du weißt ja, wie ich bin. Immer sehr impulsiv. Doch du musstest mich ja auch wieder mal reizen und provozieren. Ich verspreche Dir aber, dass ich mich bessern werde und so etwas nie wieder vorkommt.

Horst

Sie lächelt und geht in die Küche wo sie sofort beginnt, das Frühstück zu richten, als sie hört, wie Horst aufsteht und ebenfalls ins Bad geht. Als sie sich beim Kaffee gegenüber sitzen, beginnt er sofort damit, wieder einen Streit vom Zaun zu brechen: „Wie siehst du heute morgen nur wieder aus? Kannst Du dir nicht mal etwas Mühe geben und dich vernünftig zu Recht machen?" Keine Spur von Reue oder Verlegenheit für sein gestriges Verhalten. Seine geschriebenen Worte scheint er auch schon wieder verdrängt zu haben. „Irgendwie schaffst du es immer, rum zu laufen, wie eine Schlampe." „Entschuldige…" ist das einzige was sie in diesem Moment herausstammelt, ihr Lächeln schon wieder verschwunden und sie spürt die Angst wieder massiv in sich aufsteigen. Massiver Hass schlägt ihr entgegen und seine ganze persönliche Unzufriedenheit richtet sich jetzt voll auf sie und er will nur noch seine ständige, immer mehr aufkochende Wut an Ihr auslassen….

Montagszeitung:

Grubenwald:
Gestern Vormittag wurde die 32-jährige Lisa Z. in ihrem Haus von einer Freundin tot aufgefunden, nachdem sie nicht zu einer Verabredung erschienen war. Wenige Stunden später meldete sich der 36-jährige Ehemann der Toten bei der Polizei und gestand, seine Frau im Streit erschlagen zu haben. Die Kriminalpolizei geht von einer Beziehungstat im Affekt aus. Nachbarn der Ermordeten berichteten von häufigen, lautstarken Auseinandersetzungen zwischen den Eheleuten.

Ein nicht geschriebener Brief

Wieder einmal sitzen wir uns wie so oft gegenüber und reden. Wir kennen uns noch gar nicht so lange und doch habe ich das Gefühl, es sei schon ewig. Du schaust mir tief in die Augen und spielst dabei mit deinen wundervollen Haaren. Du redest mit mir und willst wie so oft einen Rat. Ich höre kaum ein Wort von dem, was du sagst, da ich viel zu sehr von dir gefesselt bin. Es gelingt mir einfach nicht, dich nicht anzuschauen. Jetzt zwinge ich mich dazu, dir aufmerksam zu zuhören. Du sagst: „Gibt es den richtigen Mann für mich? Ich glaube fast nicht mehr daran. Ich habe einige die ich ganz gerne mag. Wir haben dann eine schöne Nacht, doch dann bin ich am nächsten Morgen unausstehlich zu den Kerlen und schmeiße sie raus." Während du mir das erzählst, hältst Du meine Hand und ich sage dir, das jemand der dich braucht und den du brauchst, wahrscheinlich schon ganz in der Nähe ist und das, wer dich mag, auch mit deiner abweisenden Art am nächsten Morgen klarkommen wird. „Der wird sich dann auch wieder bei dir melden." Dabei frage ich sie: „Hey mein Mädchen, warum musst Du denn sofort mit den Typen ins Bett? Nimm Dir doch erst mal etwas Zeit um sie etwas besser kennen zu lernen." Du lächelst mich an und dann nimmst Du mich in den Arm, dankst mir für den Rat und ich fühle wieder diese Wärme in mir aufsteigen. Das solltest Du nicht machen …

Wieder schaust Du mir tief in die Augen. Ich sehe den Schmerz darin, der niemals ganz daraus verschwindet und denke daran, was du mir in den vielen Nächten, die wir geredet haben, alles erzählt hast. Ich kenne deine Sorgen und weiß um die schweren Zeiten in der Klinik, bei der Überwindung deiner Magersucht und deiner Drogenprobleme. Du hast mir deine Freunde, die gestorben sind, vorgestellt. Vieles haben wir gemeinsam unternommen und zusammen gelacht. Ein wenig habe ich mich dabei zu deinem Mentor entwickelt.

Ich weiß, du würdest nicht ablehnen, wenn ich dich jetzt um eine Nacht mit dir bitten würde. Doch das will ich nicht, es würde wahrscheinlich einfach zuviel kaputt machen. Und so sitzen wir einfach weiter zusammen, hören Musik aus den Siebzigern und rauchen gemeinsam eine Tüte. Wir erzählen uns von unseren Träumen, unseren Sorgen und

Gedanken. Diese Gespräche machen dich glücklich und mich unglücklich.

Jetzt haben wir uns drei Tage nicht gesehen als mein Telefon klingelt. Ich sehe auf dem Display, das du es bist. Ich will gar nicht rangehen, aber ich muss. Du fragst mich, ob wir uns sehen können und ich willige ein. Wir verbringen einen scheinbar wunderschönen Tag miteinander und ich sehe dich die ganze Zeit lachen aber der Schmerz in mir vertieft sich nur noch weiter. Sollte ich dir vielleicht doch meine Gefühle für dich mitteilen?
Nein!!!

Es ist wohl einfacher und besser, ich behalte meine Rolle als dein Seelenfreund bei, denn wir können doch nicht zusammenfinden.

Du bist neunzehn und ich fünfundvierzig.

Thekenmädchen

Er saß schon geraume Zeit mit seinem Freund Walter am Ende der Theke und die beiden unterhielten sich leicht angetrunken über Gott und die Welt. Während sie weiterhin ziemlich hastig tranken und miteinander redeten, betrat Sie die Kneipe.

Er erkannte Sie sofort wieder. Sie hatte sich in der ganzen Zeit, die vergangen war, fast überhaupt nicht verändert. Sie setzte sich ans andere Ende der Theke mit dem Rücken zu dem Mann, der jetzt völlig fasziniert Ihren Rücken betrachtete. Sein Freund bemerkte sofort die Veränderung, die mit dem Mann vorging. "Was'n auf einmal los mit Dir?" fragte Walter leicht irritiert. „Du schaust, als sei Dir eben ein Engel erschienen!" „Ich glaube, das ist er auch" antwortete der Mann mit schwerer Zunge. Das Gespräch zwischen den beiden Männern kam jetzt nur noch schleppend voran, so das Walter sich bald verabschiedete, zahlte und das Lokal verlies.

Durch das Geräusch der Eingangstüre aufmerksam geworden, drehte Sie sich jetzt zu dem Mann, so dass er Ihr Gesicht sehen konnte. Nochmals bemerkte er wie wenig sie die letzten fünfundzwanzig Jahre verändert hatten. Das schwarze, mittellange Haar immer noch im Pagenschnitt, die blasse Haut und dazu der Kontrast ihrer vollen dunkelroten Lippen. Auch trug sie noch immer diese Art derber, handgestrickter Pullover wie damals.

Damals... Seine Gedanken schweiften in die Vergangenheit ab. Er war damals etwas älter als zwanzig Jahre und auf dem Weg in sein Lieblingslokal. Als er dort angekommen war, sah er Sie am Tresen sitzen und sie faszinierte ihn im selben Augenblick. Da nur noch ein Platz an der Theke frei war, nutzte er die Gelegenheit sich zu Ihr zu setzen. Die beiden kamen schnell ins Gespräch und er fragte Sie nach Ihrem Namen. „Meinen Namen möchtest Du?" fragte Sie mit einem verschmitzten, süßen Lächeln. „Den verrate ich nicht so schnell, rate doch einfach mal." „Nein" meinte der Junge, „dann nenne ich Dich einfach mein Thekenmädchen." Das Mädchen lachte darüber herzhaft und erwiderte: "OK, dann sage ich einfach Sternchen zu Dir." Mit diesen Worten holte sie ein kleines Plastikröhrchen mit goldenen Sternchen aus der Tasche und klebte dem Jungen drei davon unter das rechte Auge. Die beiden lachten die ganze Zeit und flirteten heftig miteinander. Kurz vor

Mitternacht fragte der Junge: „Kommst Du heute Nacht mit zu mir?" Als Antwort nahm Sie seine Hand und rief der Bedienung zu: „Zahlen bitte!"

Der Mann an der Theke kehrte wieder in die Gegenwart zurück, bestellte sich mit einem Lächeln noch ein Bier, beobachtete Sie wieder eine Weile, bevor seine Gedanken die Zeit erneut zurückdrehte:

Als die beiden in seiner Wohnung angekommen waren, fragte das Mädchen: "Sternchen, hast Du etwas dagegen, wenn ich schnell duschen gehe?" „Nein" meinte der Junge, „die Dusche ist hinten rechts." Sie verschwand im Bad, während er ein paar Teelichter anzündete, eine Flasche Wein öffnete, Musik auflegte und sich fragte warum er nicht den Mut aufgebracht hatte mit unter die Dusche zu gehen. „Du altes Trottelgesicht, warum hast Du nicht einfach gefragt, ob Du mitkommen darfst?" Während er so innerlich über sich schimpfte, kam Sie mit einem Handtuch um den Körper und nassen Haaren in sein Zimmer zurück: „Ich bekomme das Wasser nicht mehr abgedreht, der Hahn klemmt." Der Junge ging ins Bad und wurde bei dem Versuch, den verklemmten Hahn zuzudrehen selber völlig durchnässt. Die drei

Sternchen lösten sich dabei von seiner Wange und schienen Ihm vom Boden des Duschbeckens neckisch zuzublinzeln. Nachdem er das Problem gelöst hatte, fing das Mädchen, immer noch in Ihr Handtuch gewickelt, an, Ihm das nasse T-Shirt auszuziehen. „Du erkältest Dich noch in den nassen Sachen." Der Junge fasste das Mädchen jetzt einfach an die Schultern und schaute sie nur an, während Sie Ihm die nasse Jeans öffnete, ihr Handtuch halb abwickelte und auch Ihm das riesige Badetuch um den Rücken legte. So standen die beiden eine ganze Weile und hielten sich einfach umschlungen. Der Junge genoss den Duft des frisch geduschten, warmen Körpers und er spürte, wie seine Erregung wuchs. Als die beiden nach einer ganzen Weile nackt auf dem Sofa saßen, betrachtete er das Mädchen. Er bewunderte Ihre kleinen Brüste und die zarten, feinen Härchen an Ihrem schlanken Körper, die im Kerzenlicht leicht schimmerten. „Mein Thekenmädchen, du bist einfach wundervoll." Als Antwort legte sie ihm einen Finger auf den Mund und zog ihn zu sich: „Psst, sei jetzt still und sag gar nichts." Die beiden schwebten im Himmel und der Junge glaubte, dass sich unter ihm der Boden dreht.

Als er am nächsten Morgen erwachte,

bemerkte er, das Sie bereits gegangen war. Das einzige was von ihr geblieben war, war die Erinnerung an die letzte Nacht und ein Zettel auf dem 3 Sternchen geklebt waren und die Worte: „Danke für einen schönen Abend und eine wundervolle Nacht, mein Sternchen... Dein Thekenmädchen ...“

Der Mann war wieder in der Gegenwart und sah, dass Sie gerade bezahlte und sich zum Gehen bereit machte. Nein, so sollte Sie nicht einfach wieder verschwinden. Dieses Mal wollte er Ihren Namen erfahren und sie festhalten. Er ging zu Ihr und sprach sie an: "Hallo Thekenmädchen, ich bin's: Sternchen. Erinnerst Du dich?" Sie sah Ihn entgeistert an und mit den Worten:" Ey, alter Mann, willst Du mich anmachen?" verlies das etwa zwanzig jährige Mädchen kopfschüttelnd das Lokal und ließ den Mann irritiert zurück.

Chance für einen Feigling

Klüver stapfte vom Parkplatz durch den strömenden Regen zum Hubschrauber-Landeplatz der Ölgesellschaft. Er hatte den Kragen seines Mantels hochgeschlagen, aber das Wasser lief Ihm sofort in den Kragen und er fing erbärmlich an zu frieren. Er war verdammt spät dran und das nur wieder wegen der üblichen Streitereien mit seiner Frau und seinen beiden Kindern. Wieder waren es Nichtigkeiten gewesen aber die nächsten vierzehn Tage auf der Bohrinsel hätte er erst Mal etwas Ruhe, tröstete Klüver sich. Wie sehr er dieses Gehen in den ausgetreten Pfaden seiner Familie und seines Lebens doch hasste. Er schaute auf die Uhr und erschrak. Hoffentlich erreichte er seinen Hubschrauber noch, der Ihn zur Plattform vor der Küste rausfliegen sollte. Wegen seiner privaten Probleme hatte er in den letzten Monaten öfter den Heli verpasst oder konnte nur noch in letzter Sekunde mitfliegen. Kaum waren dieses Gedanken beendet, hörte er das Aufbrüllen des Rotors. Im wurde klar, was das bedeutete und ging daher direkt in den Bürotrakt seiner Firma hier am Flughafen.

Er wusste wohin er gehen musste und so stand Klüver nach wenigen Schritten vor dem Büro seines Chefs. Die Sekretärin im Vorraum bemerkte schnippisch: „Ah, Herr Klüver, schön das Sie da sind. Der Chef ruft Sie gleich rein." Danach beachtete Sie Klüver nicht mehr, sondern tat als ob Sie irgendwelche Papiere sortieren würde. Klüver stand vor Ihrem Schreibtisch und betrachtete diese Ihm so sehr verhasste Person. Oberflächlich, grell geschminkt und dann diese kleinen Schweins-Äuglein in diesem feisten Gesicht. Bevor er weiterdenken konnte wurde er ins Büro des Chefs gerufen. „Klüver, Klüver ... Sie wissen, was ich jetzt tun muss!" Klüver hörte gar nicht richtig hin, sondern betrachtete diesen riesigen Schreibtisch, hinter dem sein Chef immer so klein wirkte. Nur unbewusst registrierte er den Wortschwall des Mannes auf der anderen Seite. Klüver betrachtete das abstrakte Bild an der Wand und brauchte daher einen Moment um zu registrieren, das sich der Tonfall des Mannes vor Ihm geändert hatte. „Mensch Horst" sagte sein alter Schulfreund. „Was ist eigentlich los bei Euch zu Hause, das Du soweit runtergekommen bist. Du weißt, dass ich als dein Vorgesetzter nichts mehr für Dich tun kann. Aber als Freund will ich Dir einen Rat geben. Deine Frau Melanie kenne ich jetzt ja seit Eurer Hochzeit und ich habe Dich damals um diese tolle Person beneidet. Ich weiß nicht, was zwischen Euch passiert ist, aber manchmal ist eine Trennung doch besser. Sieh diesen Rauswurf auch als Chance und schlage ein komplett neues Kapitel in deinem Leben auf." Die ganze Zeit über verlor Horst kein Wort. Jetzt drehte er sich mit einem leise gemurmelten „OK, mal sehen …" um, lies seinen ehemaligen Freund einfach stehen und verließ das Büro. Als er nach draußen kam hatte der Regen aufgehört und sogar die Sonne kam heraus. Er zog den noch immer nassen Mantel aus und stieg in sein Auto. Was sollte jetzt geschehen. Wenn er jetzt nach Hause ginge, würde Melanie ihm wieder schwere Vorwürfe machen.

So fuhr er auf eine Tankstelle und besorgte sich ein paar Büchsen Dosenbier und fuhr ziellos durch die Gegend. Auf einmal war der Weg zu Ende. Als Klüver den Motor ausschaltete und sich umschaute, bemerkte er, dass es ihn in der Nähe der großen Klippe getrieben hatte. Hierhin hatte Klüver sich früher schon immer zurückgezogen, wenn er alleine sein wollte. Der Mann stieg aus, nahm sich sein Dosenbier und ging gemächlich durch den inzwischen kräftigen Sonnenschein zum Rand der Klippe. Wie früher setzte er sich wieder genau an den Rand und ließ seine

Beine über den Abgrund baumeln. Alle hatten ihn immer wegen dieser Kühnheit bewundert. So hatte er natürlich auch hier das Herz von Melanie gewonnen. „Melanie!" Inzwischen ertrug er seine Frau kaum noch. Die Worte von Klaus gingen ihm noch mal durch den Kopf: "Manchmal ist eine Trennung doch besser. Sieh diesen Rauswurf auch als Chance und schlage ein komplett neues Kapitel in deinem Leben auf." Je länger Er darüber nachdachte, desto besser gefiel ihm die Idee. Seine Frau würde ihn die nächsten 14 Tage ja nicht vermissen. Zeit, die er brauchen würde, sein Leben neu zu beginnen. Während Klüver sich ein Bier öffnete, überlegte er was als nächste zu tun sei. Ein neues Konto. Den Sparvertrag auflösen und das Geld transferieren. Seine Laune hob sich sofort gewaltig. Er würde nach Norwegen gehen, oder Schweden!

Währen er seine Pläne ausfeilte, trank er noch das restliche Dosenbier und fühlte sich jetzt wieder gut, obwohl sich hin und wieder Zweifel über sein Tun in seinen Kopf schlichen. „Nein, Zweifel sind nicht angebracht." dachte er bei sich. Beschwipst wie Klüver jetzt war, zog er sich aus, legte seine Sachen ordentlich zusammen und trat nackt wieder zurück an die Kante des Kliffs.

Er schaute aufs Meer, atmete die würzige Seeluft und fühlte sich zum ersten mal seit Jahren wieder richtig glücklich. Horst Klüver breitete die Arme aus und schrie laut gegen den Wind: JA ... ICH WERDE MEINE CHANCE NUTZEN UND FREI SEIN!" Dann machte er einen beherzten Schritt nach vorne.

Ein Tag

Aufstehen

„Verdammt" Er hob den Kopf vom Kissen und wurde dafür mit stechenden Kopfschmerzen und einem fürchterlichen Schwindelgefühl belohnt. Langsam ließ der Mann sich wieder auf sein Bett zurücksinken und versuchte seine Gedanken zu sortieren und gleichzeitig die aufsteigende Übelkeit zu verdrängen. Was war gestern eigentlich passiert?

Mit einer Hand angelte er nach der Wasserflasche neben seinem Bett um den pelzigen Belag auf der Zunge loszuwerden. Ja, jetzt kamen Teile der Erinnerung wieder zurück. Es war gestern wieder mal passiert. Obwohl er sich geschworen hatte, sich nicht mehr zu besaufen, war er doch wieder abgestürzt. Seine Erinnerungen kamen nur langsam wieder und wiesen große Lücken auf. Sein Knöchel schmerzte gemein und es fiel Ihm wieder ein, dass er auf dem Nachhauseweg irgendwo umgeknickt war. Er schaute auf den Wecker: Schon halb Zwölf. Mühsam kroch er aus seinem Bett, schlich an seinen PC und checkte seine Emails. Jedoch, wie schon sei langem, war es wie mit der Post und dem Telefon: Nichts wichtiges, lediglich einige Spam-Mails füllten sein Postfach. „ Na Ja, das war ja abzusehen" dachte er bei sich und humpelte ins Bad wo er sich unter würgen die Zähne putzte und schnell eine Dusche nahm, die Ihn aber nicht wirklich erfrischte. Er sammelte seine verstreuten Klamotten auf, denn jetzt wollte der Mann nur noch aus dieser kalten, einsamen Wohnung flüchten. Trotz seiner noch anhaltenden Trunkenheit setzte er sich ohne Frühstück ans Steuer seines Autos und fuhr zum Friedhof, dem einzigen Ort, an dem er sich in den letzten Monaten etwas zuhause fühlte.

Selbstmitleid

Jetzt war es doch an der Zeit irgendwas zu essen, auch wenn Ihm immer noch schlecht war. In einer Frittenbude würgte er eine Bockwurst mit Kartoffelsalat herunter, spülte mit Cola nach und wie immer in den letzten Monaten, wurde der Mann mit rasenden Magenschmerzen dafür belohnt. Er nahm sich die Tageszeitung, die auf dem Nebentisch lag um etwas Ablenkung zu bekommen. Langsam las er Zeile um Zeile, ohne jedoch zu registrieren, was dort eigentlich geschrieben stand. Seine Gedanken vergruben sich immer tiefer in sein Selbstmitleid. Wer konnte schon

nachvollziehen, wie es Ihm ging? Wie sagten doch seine Freunde nach dem tragischen Schicksal? „Reiß Dich zusammen, das Leben geht weiter" oder „Es ist schon hart, aber du musst weiter dein Leben leben" und „Das Leben wird auch wieder lebenswert"
Leben, Leben, Leben … Wie er dieses Wort inzwischen hasste. Er wusste schon, warum er den Kontakt mit seinen Freunden in letzter Zeit mied. Was wussten die schon? Keine Ahnung hatten die, was in Ihm vorging und im Übrigen ging es sie auch gar nichts an.
Ein Pärchen betrat Hand in Hand den Laden und er fühlte wieder diese unbändige Wut in sich aufsteigen, die er immer fühlte, wenn er glückliche Menschen sah. Er legte abgezähltes Geld auf den Tresen und trat mit tränenden Augen auf die Strasse zurück.

Selbstüberschätzung

Die kühle Luft tat gut, ziellos lief er durch einen Park, fühlte sich langsam besser und auch seine Gedanken hellten sich auf. „Ich muss mein Leben wieder in den Griff bekommen" dachte der Mann „Und ich bekomme das auch hin. Direkt morgen werde ich zum Arzt gehen und Ihn davon überzeugen, dass ich wieder arbeiten kann"
Eine recht junge, gut aussehende Frau ging an

Ihm vorbei. „Und eine solche Freundin werde ich mir dann auch schnellstens wieder suchen" Er schwebte auf einer Welle der Euphorie. Sein Gang war jetzt wieder kräftig und mit weit ausgreifenden Schritten und einem offenen Lächeln begegneter er den Passanten, freute sich, wenn Sie zurücklächelten und war sich sicher: „Welt ich komme und erobere dich im Sturm zurück" Das Leben hatte doch noch seine schönen Seiten. Wer konnte ihm schon was? Er war gut drauf, intelligent und so schlecht sah er auch noch nicht aus.

Versuchung

Der Tag war inzwischen weiter fortgeschritten und da er keine Lust hatte zu kochen, bestellte er sich wie so häufig eine Pizza zum Abendessen, sah ein wenig fern und fing an, sich zu langweilen. „Ich werde wohl noch ein wenig spazieren, dann früh schlafen und den Wecker auf sieben Uhr setzen, damit ich meine Bude mal wieder auf Vordermann bringe und meine Tagespläne erledigen kann." Gedankenverloren schlenderte er durch den schönen Abend. Seine Schritte führten Ihn unbewusst direkt zu der Kneipe in der er die letzten Monate soviel Zeit verbrachte. „Na gut, wenn ich schon hier bin, kann ich auch auf ein Bier hineingehen und einen Guten

Abend wünschen; Ich weiß ja und habe mir geschworen, dass ab morgen alles besser wird. Wenn ich mich hier länger nicht sehen lasse, macht sich wohlmöglich noch jemand Gedanken. Also werde ich mich um spätestens Zehn verdrücken. Das ist wohl OK."

Beobachtungen

Es war noch nicht allzu viel los und so begrüßte er die nette junge Kellnerin, die jetzt noch Zeit hatte, etwas mit Ihm zu plaudern, da er der erste Gast des Abends war. Während er dann das zweite Bier trank, füllte sich langsam der Laden. Jetzt war die Bedienung beschäftigt und er hatte Gelegenheit, die Menschen an der Theke zu beobachten. Fast alles Gesichter, die er hier schon öfter gesehen hatte. Da saß wieder der junge Kerl. Wohl von Beruf Sohn. Scheinbar immer alleine und spätestens in zwei Stunden wieder voll; So erbärmlich, sich so gehen zu lassen. Es war traurig, dass jemand sich so wenig unter Kontrolle hatte, dachte der Mann. Auch das Pärchen, das zuerst immer turtelte und wenn sie was getrunken hatten, fing er an, Sie unter der Theke zu kneifen und zu boxen, bis Sie dann weinend raus lief.

Oh, der ältere Herr, der immer seine Tuschefedern dabei hatte und in ein kleines

43

Notizbuch zeichnete, war auch wieder da. Jetzt kamen der Musiker und dieser dürre Typ herein, steuerten einen Tisch an und begannen eine intensive Unterhaltung. Bestimmt fing der dürre Typ später wieder an zu kiffen, wenn er glaubte, es würde keiner bemerken. Einige Sportler kamen auch noch, wie jede Woche, nach ihrem Training für kurze Zeit auf ein Bier und etwas zu essen rein. „ Ich liebe es, alle diese Menschen zu beobachten, irgendwie sind die alle wie Treibgut. Abends werden sie von der Flut des Tages angespült und in der Nacht wieder zurück ins Meer", dachte der Mann als er sich das ein weiteres Bier bestellte, hastig trank und weiter seine Beobachtungen machte. „Ein Bier noch und dann werde ich wohl gehen, damit ich dann morgen pünktlich rauskomme" waren seine Gedanken.

Absturz

Allmählich fühlte er sich richtig gut und deshalb bestellte er sich noch ein Bier. Das war doch erst sein fünftes, oder? Während er über all diese Menschen und ihre Gründe hierher zu kommen, nachdachte und dabei noch ein weiteres Glas trank, leerte sich die Kneipe langsam wieder. „Komisch" dachte er, „irgendwie hab ich mit keinem hier geredet oder so was. Aber egal, wozu brauche ich denn schon andere?" „Ist doch eh egal. Lieber trinke ich noch n Bier, dann kann ich wenigstens gut schlafen" Auf dem Weg zur Toilette musste er sich zwischendurch abstützen; „Egal, es ist ja erst 2 Uhr, und bis der Wecker klingelt, hab ich ja noch ein paar Stunden." Zurück an der Theke fragte ihn die Bedienung, ob er noch einen Kaffee möge. Klar, wollte er, aber erst nach noch einem Bier. „So eine Süße" waren seine Gedanken, als er versuchte noch ein halbwegs ordentliches Gespräch mit ihr auf die Reihe zu bekommen. „Wovon hatten wir eben geredet?" fragte er sich. „Egal, erst noch n Bier".

Auf einmal stand er auf der Strasse, ohne genau zu wissen, wie er dort eigentlich hingekommen war.. Hatte er überhaupt bezahlt? Und sich verabschiedet? Ach, es war ihm letztlich auch egal. Auf dem Nachhauseweg bemühte er sich darum nicht zu stürzen, musste sich mehrfach an Autos oder Hausmauern abstützen und seine Gedanken blieben immer wieder in Ansätzen stecken: „Mist, nicht stolpern … Was wollte ich morgen noch mal erledigen? Ach ja, ich muss morgen unbedingt ... Was meinte der Typ vorhin noch mal? Wie war noch der Name von der süßen Kleinen hinterm Tresen?" Dann kam der Filmriss …

. . . .
. . . .
. . . .

„Verdammt" Er hob den Kopf vom Kissen und wurde dafür mit stechenden Kopfschmerzen und einem fürchterlichen Schwindelgefühl belohnt.

Der Besuch

Der Junge hatte lange mit seiner Schwester telefoniert und mit Ihr verabredet, dass er sie heute besuchen kommen würde. Jetzt hatte er sich 20€ für die Fahrt geliehen und machte sich auf den Weg zum Busbahnhof. Er hatte sich den Kragen hochgestellt und der eisige Wind ließ ihn frösteln. Als er so die Strasse entlang ging, ließ er sich das Gespräch mit seiner Schwester noch mal durch den Kopf gehen: eine neue, hübsche Nachbarin sei in der Nebenwohnung eingezogen und ein gutes Essen war ihm auch versprochen worden; Endlich mal wieder kein Fast-Food. Bestimmt sprang auch noch etwas Kohle für ihn dabei raus. Während er noch so darüber sinnierte, bemerkte er, dass er am Busterminal angekommen war.

Der Junge studierte den Fahrplan für die Busse in die Nachbarstadt. Noch 50 Minuten, bis der Bus kam... Und das bei diesem kühlen Sauwetter. Er schaute sich nach einem Wartehäuschen um, entdeckte dann auf der gegenüberliegenden Straßenseite die Neoreklame einer Kneipe, die sehr ansprechend wirkte. „Also geht ich rüber, um mir die Zeit bis zur Abfahrt zu vertreiben."

Er betrat den Laden und freute sich als erstes über die Musik, die genau seinem Geschmack entsprach. „Oh, Bauer, Garn und Dyke mit dem Laubfrosch-Blues" Eines seiner absoluten Lieblingssongs. Gut gelaunt setzte er sich an die Theke, bestellte sich ein Bier und lauschte der Musik. Als er sich so um sah, stellte er fest, das die Einrichtung genau seinem Geschmack entsprach. Alles im Stil der siebziger Jahre, der Zeit in der er so gerne groß geworden wäre. Nachdem er dem kalten Wind draußen entgangen war, ging es ihm jetzt richtig gut.

Ziemlich schnell begann er ein Gespräch mit der hübschen, jungen Bedienung. Ein richtiger Augenschmaus, wie er fand. „Ich will den Bus um 19:10 Uhr kriegen um meine Schwester zu besuchen." Haarklein erzählte er dem jungen Mädchen von dem Telefonat mit seiner Schwester. Nachdem der junge Mann ausgetrunken hatte, bestellte er noch ein weiteres Bier nach, da er immer noch reichlich Zeit hatte. Der Laden war inzwischen ziemlich gut gefüllt und schnell fand er einen neuen Gesprächspartner, da die Bedienung nun keine Zeit mehr für ein Schwätzchen hatte. Der ältere Herr neben ihm erwies sich als dankbares Opfer für seine Redelust und entpuppte sich als guter Zuhörer. Ohne auf die Zeit zu achten, bestellte er sich noch mal ein Bier. Als die freundliche junge Frau das Bier servierte, bemerkte Sie: "Schau mal da drüben …" Sie zeigte aus dem Fenster. „Ich glaube, das ist dein Bus gewesen, der da eben weg gefahren ist." „Mist …" entfuhr es dem Jungen. „Aber egal, in einer Stunde fährt ja der nächste. Habt Ihr eigentlich auch etwas zu Essen?" fragte er, da er inzwischen Hunger verspürte. „Nur Kleinigkeiten wie Baguette" antwortete die Bedienung. Doch in Aussicht auf das angekündigte Essen bei seiner Schwester konnte er darauf nun überhaupt nicht. Also beschloss er, sich lieber noch ein Bier zu genehmigen. So plätscherte die Zeit dahin, bis er bemerkte, dass auch der nächste Bus bereits abgefahren sein musste. „Egal" dachte der Junge, „es fahren heute Abend ja noch zwei Busse." Sich selbst so beruhigend, trank er weiter, lauschte der Musik und redete hin und wieder mit verschiedenen Gästen, wobei er sich immer wohler fühlte.

Während die Zeit weiter fortschritt, verpasste er auch noch die beiden letzten Busse. „OK, das Thema große Schwester hat sich für heute erledigt. Schade wegen der neuen Nachbarin und wegen des guten Essens. Aber das hol ich dann eben nächste Woche nach." dachte der Junge. Es war jetzt kurz vor Mitternacht und er verlangte die Rechnung. „22,50€" sagte die Kellnerin. Jetzt saß er in der Klemme: „Ich hab nur noch 20€ in der Tasche." bekannte er kleinlaut. Die Bedienung grinste ihn an, zwinkerte und meinte: " OK, lassen wir es bei 20€. Scheint eh nicht dein Abend gewesen zu sein. Den Rest kannst Du dann ja in der nächsten Woche begleichen, wenn du wieder deine Schwester besuchst." Mit verlegendem Grinsen reichte er ihr das Geld, murmelte noch ein „Dankeschön" und ging auf den Gehweg hinaus. „Eigentlich war der Abend trotz allem gar nicht so schlecht." dachte der Junge jetzt, während er ziemlich schwankend über die Strasse nach Hause ging.

Brief an die Eltern

Ich bin jetzt achtzehn Monate alt, werde wach und freue mich auf den neuen Tag. Bestimmt passiert heute wieder viel Spannendes und Aufregendes, so wie es bisher jeden Tag war; Überall Wunder um mich herum. Kaum hat meine Mutter mich aus dem Bett gehoben, freue ich mich darüber, wie sie mich ansieht und ich möchte laufen, was ich jetzt schon ganz gut kann. Aber statt mich die Welt entdecken zu lassen, ist sie ganz schnell der Überzeugung, mich wickeln zu müssen. OK, klar ist die feuchte Windel mehr als unangenehm und es muss wohl so sein. Aber es gibt doch soooo viel zu entdecken. Ich liege auf dem Wickeltisch und sehe ein kleines, schwarzes Monster mit Flügeln. Das ist spannend, aufregend. Natürlich versuche ich, dieses krabbelnde Wesen zu erwischen. Beinahe!! Da hält Mama meine Hand fest: „Bah, das ist nichts für Dich." Jetzt ist das Monster entkommen. Als die Windel unten ist, kommt schon das nächste Aufregende. Weißes Zeug kommt von oben und setzt sich ans Fenster. Ich schaue hin und drehe mich um. Meine Mama hält mich fest und meint, ich solle doch stillhalten, sonst würde ich herunterfallen. „Aber Mama, das ist doch so spannend." Würde ich gerne sagen, wenn ich es doch nur könnte. Dabei besteht doch die ganze Welt aus Wundern, die von mir entdeckt werden wollen.

Inzwischen bin ich drei Jahre alt. Viele der alten Wunder gibt es nicht mehr, sondern hat sich in ganz normales Leben verwandelt. Das schwarze Monster heißt Fliege, hat mir der Papa erklärt und das weiße Zeug aus dem Himmel heißt Schnee. Aber es gibt ja noch so viele andere Wunder in der Welt zu entdecken.

Heute ist Samstag und mein Papa ist zu Hause. Er will Brötchen holen. Prima, bestimmt darf ich mitgehen. Draußen scheint die Sonne. Ich frage Papa ob ich mitkommen darf. Ich merke, dass mein Papa eigentlich alleine gehen möchte. Aber die Mama hilft mir und ich darf doch mitkommen. Das ist toll. Kaum bin ich draußen, entdecke ich einen Vogel, der auf der Wiese an irgendetwas herumpickt. „Was macht der denn da?" will ich wissen. Doch Papa hat keine Zeit. „Komm jetzt, die Mama hat Hunger." Schade, ich hätte gerne gewusst, was der Vogel dort macht. Kaum um die Ecke, wieder etwas ganz Tolles. Aus einem Sandhäufchen zwischen den Gehwegplatten krabbeln kleine Tiere. Ich hocke mich davor um dieses spannende Abenteuer zu beobachten. Doch Papa nimmt mich an die Hand, zieht mich hoch und tritt auf den Sandhaufen. „Aber Papa, das ist doch so aufregend." denke ich. "Komm jetzt, das sind bloß Ameisen." meint der Papa, nimmt mich an sein große Hand und zieht mich fort. Wahrscheinlich liegt es daran, dass der Papa so groß ist, dass er nicht gesehen hat, wie toll diese kleinen krabbelnden Tiere dort waren.

Zum Mittagessen gibt es Spagetti: „Klasse!" Damit kann man ganz feine Sachen machen. Zwischen den Lippen einsaugen bis die Soße überall hinspritzt, mit den Fingern anfassen. Die sehen aus wie ganz lange Würmer. Vielleicht kriechen sie ja auch so um die Wette. Also lege ich zwei nebeneinander auf den Tisch. Mama wird böse und meint, ich solle anständig essen. „Pah, Mama hat ja gar keine Ahnung, wie klasse so ein Spagetti-Wettrennen sein kann."

Jetzt bin ich schon sechs Jahre alt. Viele der Wunder aus der Zeit, als ich noch klein war, gibt's nicht mehr. Aber bald komme ich in die Schule. Das wird bestimmt wieder sehr aufregend. Mama hat mir gesagt, dass ich jetzt groß werde. Was ich noch nicht weiß, ist, dass der Punkt gekommen ist, wo die Zeit der

Wunder langsam aber sicher vorbei ist. Wenn ich es wüsste und ausdrücken könnte würde ich Mama und Papa fragen, warum sie mir nicht mehr Zeit für meine Abenteuer gelassen haben. Aber das kann ich jetzt noch nicht wissen. Wenn ich dann mal so groß bin, so wie Papa jetzt …

Dann weiß ich, das meine Eltern mich nur aufs Leben vorbereitet haben und ich werde mich vielleicht mal fragen, warum mir nie mehr Zeit für meine kleinen Wunder gegeben wurde. Ich hoffe, dass ich mir dann mehr Zeit für die Wunder meiner Kinder nehmen werde. Denn diese Wunder sollte man erleben und genießen dürfen.

Heute bin ich bereits sechsundvierzig. Das Leben hat mich gelehrt, das es wichtigeres gibt, als nur nach der Uhr zu leben. Mein Sohn ist selber erwachsen und ich stelle mit Entsetzen fest, das ich lange gebraucht habe um festzustellen, das ich meinem Sohn auch viel zu wenig Zeit gegeben habe, diese Welt der Wunder zu genießen. Die einzige Zeit, die ein Kind hat, an Wunder zu glauben. Ich hoffe, vielleicht mal als Großvater die Geduld aufzubringen, meinen Enkeln die Zeit zu geben, die sie für ihre Entdeckungsreisen in die Welt der Wunder brauchen, auch wenn der

Weg zum Bäcker zwei Stunden oder länger dauern sollte.

(Zur Erinnerung an meinen Vater, der immer eine kleine Ewigkeit unterwegs war, wenn er mit meinem Sohn zum Supermarkt ging und der dann ganz aufgeregt und mit glänzenden Augen von seinen kleinen Abenteuern erzählte, sein Opa nur grinste und ich diese scheinbar sinnlos vergeudete Zeit nicht begreifen konnte.)

Arschloch, oder warum man manchmal eine Tracht Prügel verdient hätte

Es war zwei Tage vor Ende ihrer Ausbildung in Flensburg und die Versetzung zu einer anderen Einheit der Marine stand bevor. Die jungen Soldaten gingen wie jeden Tag im Sommer mit einigen Dosen Bier und ein paar Flaschen Rotwein an den Strand.

Jörg saß am Lagerfeuer und schielte ständig zu der kleinen, rothaarigen Susan der Freundin von Mario, einem Kameraden aus einem anderen Zug, hinüber. Diese Kleine hatte etwas ganz Besonderes an sich. Schon seit Tagen konnte Jörg seine Augen nicht von ihr lassen. Das Mädchen war genau nach seinem Geschmack. Klein, zierlich und mit kleinen, festen Brüsten, die sich aufreizend unter ihrem grünen T-Shirt abzeichneten..
Auch Susan schien interessiert an ihm zu sein, denn immer wenn Mario im Wasser oder sonst wo war, suchte sie sofort Jörgs Nähe.

Mit einer Flasche Rotwein und einer verrückten Idee setzte sich Jörg schließlich neben Mario. „Jetzt wird erst mal was auf unseren bestandenen Lehrgang getrunken!" Mit diesen Worten reichte er Mario die Flasche, die dieser lachend annahm und einen tiefen Schluck trank, ehe er sie zurück gab und meinte: „Auf unsere neuen Kommandos." Jörg nahm einen winzigen Schluck und ließ die Flasche wieder zurückgehen. „Ich hole noch etwas Holz fürs Feuer." meinte Jörg und entfernte sich ins Gebüsch am Rand des Strandes.

Scheinbar hatte Susan eine ähnliche Idee wie er, denn sie war jetzt ordentlich damit beschäftigt, in möglichst kurzer Zeit, die größtmögliche Menge Wein in Mario hinein zu bekommen.

Kurz nach Mitternacht löste sich die Gesellschaft am herunter gebrannten Lagerfeuer langsam auf. Marios erster Versuch, sich zu erheben, scheiterte kläglich an mehreren Flaschen Rotwein und er landete bäuchlings im Sand. Als es ihm endlich gelang, aufzustehen, hakte Susan ihn unter und stützte ihn, nicht ohne sich jedoch zu Jörg umzudrehen. Der zwinkerte ihr nur zu und folgte den beiden mit kurzem Abstand. Immer wieder versicherte Susan sich durch einen kurzen Blick nach hinten, das Jörg ihnen beiden noch folgte, während Mario sich zwischendurch an diversen Laternen abstützen musste.

So erreichte die kleine, heimliche Prozession das kleine Hotel von Susans Tante, in dem sie zurzeit wohnte.

Jörg wartete eine kurze Weile, ging dann zur Tür und sah, dass sie einen kleinen Spalt offen stand. Er tapste durch einen dunklen Flur, bis er vor sich ein leises Zischen hörte. In der halb offenen Zimmertür erspähte er im halbdunkel die kleine Gestalt des hübschen Mädchens. Jetzt war er gespannt, wie es wohl weiter gehen würde. Sie legte ihm einen Finger auf die Lippen, nahm ihn in den Arm und verschloss seinen Mund mit einem leidenschaftlichen Kuss. Sie zog ihn ins Zimmer und deutete auf ihr Bett, auf dem Mario vom Alkohol geschafft lag und tief und fest seinen Rausch ausschlief.

Blitzschnell streifte Susan ihr Shirt, ihre Jeans und ihren Slip ab. Jörg bewunderte ihre makellose Figur die sich vor dem Fenster abzeichnete und spürte, wie eine starke Erregung in ihm aufstieg.

Das war die verrückteste Situation in seinem Leben.

Er legte sich, inzwischen auch völlig nackt, zu Susan auf den Teppich neben dem Bett, in dem sein Rivale inzwischen laut schnarchend einem bösen Kater entgegen schlief.

Im Halbdunkel des Zimmers erkannte er den wundervollen Kontrast ihrer sonnengebräunten Haut und den schneeweißen Bereichen ihrer zarten Brüste und ihrer Hüften, die am Strand immer von ihrem Bikini verdeckt waren. Zärtlich ließ er seine Hände auf ihrem glatten, wundervollen Körper umherwandern.Es war irrwitzig; Auf dem Bett, immer noch völlig bekleidet, lag Mario, während sich auf dem Boden, ein Auge auf ihn gerichtet und möglichst darauf bedacht, wenig Geräusche zu machen, Susan und Jörg leidenschaftlich liebten. Später am Morgen, als Mario begann etwas unruhiger zu werden, zog er sich schnell wieder an und wurde von Susan mit einem flüchtigen Kuss verabschiedet.

Breit grinsend kehrte Jörg in die Kaserne zurück. Wäre er kein Arschloch gewesen, wäre die Geschichte hier wohl zu Ende, doch er war nun mal eins.

Ein Tag vor der Versetzung:
Jörg konnte einfach sein Maul nicht halten und so verbreitete sich die Geschichte wie ein Lauffeuer in der Kaserne: „Mario war total blau, hat auf dem Bett gepennt und Jörg hat auf dem Fußboden neben ihm seine Kleine gepoppt!"

Egal wo man in der Kaserne eine Gruppe Soldaten zusammenstehen sah, war es das Gesprächsthema des Tages.

Nach Dienstschluss ging es wie üblich an den Strand. Heute jedoch kamen auch die mit, die sonst eher selten an den Strand gingen.

Als Jörg an den Strand kam, wurde er von Susan mit einer Ohrfeige und einem kräftigen „Du Schwein!" begrüßt. Also hatte sich die Sache, dass er seine Klappe nicht halten konnte, schon bis zu ihr rum gesprochen.

„Künstlerpech …" dachte Jörg bei sich, als er seine gerötete Wange rieb, um das Brennen darauf etwas zu vertreiben. Die Meute grölte vor Begeisterung. Jörg hörte Schimpfworte und Drohungen die in seine Richtung gerufen wurden. Einige andere Leute klopften ihm hingegen wohlwollend auf die Schulter.

Die Jungs und Mädchen am Strand verstummten, als Mario auf der Bildfläche erschien: „Du dreckige, kleine Ratte, ich hau dir die Fresse ein!" brüllte er an Stelle einer Begrüßung und wollte sich umgehend auf Jörg stürzen, wurde jedoch von anderen davon abgehalten.

Jetzt begann für Jörg die Angst. Mario war ihm körperlich überlegen und in seiner Wut wahrscheinlich doppelt gefährlich. Jörg sah nur einen Ausweg: Verbal in die Offensive gehen und sich seine Angst nicht anmerken lassen: „Ey Mario, reg dich ab. Bevor ich dir jetzt die Fresse poliere, müssen wir erst mal was regeln!" Mit diesen Worten ging er einen Schritt auf Mario zu, zeigte auf den Sigelring, den dieser trug: „Das Teil muss erst mal weg." Mario schmiss wütend den Ring in den Sand und schrie: „Ich schlag dich auch so kaputt!" Immer noch wurde er von anderen Kameraden zurück gehalten.

Jörg war ganz schlecht vor Angst, seine Knie zitterten, aber er überspielte das durch Überheblichkeit. Ohne Mario noch eines Blickes zu würdigen, sagte er scheinbar gelassen zu den Umstehenden: „Räumt den Kerl weg, der nervt."

Laut vor Wut brüllend, wurde Mario von den Leuten weggezogen, während Jörg sich umdrehte, den Strand verließ und sich den Rest des Abends in einer Kneipe versteckte.

Als er alleine beim Bier saß, dachte er bei sich: „Eigentlich hätte ich ja richtig eins in die Schnauze verdient. Glücklicherweise ist morgen unsere Versetzung."

Franka A

Er konnte es einfach nicht verstehen. Seit Tagen hatte Sie nun das Bett nicht mehr verlassen. Dabei gab er sich doch wirklich alle Mühe. Die Blumen, die Pralinen.. Er gab sich doch wirklich alle Mühe es Ihr recht zu machen. Sogar geschminkt hatte er sie, aber sie weigerte sich einfach, mit Ihm zu reden, lag einfach nur so rum, ohne Ihn zu beachten. Irgendwie hasste er sie dafür. Ausgerechnet jetzt, wo sich doch alles so toll entwickelt hatte und sie doch endlich ein Paar waren. Er küsse Ihre trockenen Lippen und hielt extra das Fenster geschlossen, damit sie bloß nicht frieren solle. Er nahm zärtlich Ihre kühle Hand und schaute in Ihr hübsches Gesicht. Ach, wenn sie doch endlich mal wieder mit Ihm reden würde. Oder dieses Spiel spielen würde, in dem Sie so tat, als ziere Sie sich vor Ihm. Das Spiel mochte er besonders. Er betrachtete sie weiter und bemerkte, dass sie schlief und so ließ er seine Gedanken ein kleines Stück in die Vergangenheit zurückwandern…

Wo hatte er sie doch noch das erste Mal gesehen? Ach ja, im Schwimmbad. Sie saß mit einer Freundin auf einer Wolldecke und die

Beiden lachten und kicherten die ganze Zeit, wenn sie den Jungs hinterher schauten. Ihre rotblonden, langen Haare fielen Ihm als allererstes auf, weil der Wind sich darin verfing und Ihr die Haare immer wieder ins Gesicht blies. Dieses wundervolle blasse Gesicht und diese vollen, roten Lippen. Sie war einfach wunderschön und er wollte, dass sie ihm gehörte. Wie hatte er es genossen, sie so zu beobachten. Natürlich traute er sich auch dieses Mal bei ihr nicht, sie anzusprechen, so wie bei den anderen Mädchen vor Ihr auch schon. Seine Mutter hatte Ihm einmal gesagt, das gehöre sich nicht, Mädchen einfach anzusprechen, da Mädchen sowieso nur Schlechtes von Ihm wollten. Mutter hatte immer Recht!

Als die beiden Mädchen sich anzogen und nach Hause gingen, schlüpfte auch er schnell in seine Klamotten und folgte den Beiden mit einigem Abstand bis zu Ihr nach Hause. Die nächsten Tage verbrachte er damit, dieses wundervolle Geschöpf zu beobachten. Er liebte Ihren Gang und die Art, wie Sie Ihr Haar zurückwarf, wenn es in Ihr Gesicht rutschte. Dann kam der Tag an dem sie ihn entdeckte. Ihre Freundin und sie sprachen Ihn an und er wurde rot und stotterte hilflos, worauf Sie Ihn auslachten. Es tat zwar weh, aber es spielte nun ja keine Rolle mehr, denn sie waren ja endlich ein Paar.

Während seine Gedanken weiter um sie kreisten und er sich in eine anderen Welt träumte, schreckte er hoch, als plötzlich Holz splitterte, Schreie ertönten und Männer in Uniform in seine Wohnung stürmten ...

Irgendwo läuft ein Radio:
Berlin: In der Prinzenallee stürmte ein Sondereinsatzkommando der Polizei nach Hinweisen aus der Bevölkerung die Wohnung eines zweiunddreißig Jahre alten Mannes. Wie sich herausstellte, wurde in der Wohnung die Leiche der seit elf Tagen vermissten, siebzehnjährigen Franka A. gefunden. Die Tote wies bereits starke Verwesungserscheinungen auf. Die genaue Todesursache soll nun eine Obduktion klären, jedoch geht die Polizei von einem Gewaltverbrechen aus.
Ein Polizeisprecher erklärte, dass es sich bei dem mutmaßlichen Täter um einen Mann handelt, der bereits mehrfach durch Sexualdelikte in Erscheinung getreten war, aber bisher als ungefährlich galt und sich zur Zeit auf Bewährung in Freiheit befand. Der stark verwirrt wirkende Mann, der seit Tagen seine Wohnung nicht mehr verlassen hatte,

wurde zur Feststellung seiner Schuldfähigkeit in eine Psychiatrische Klinik eingewiesen.

Ein außergewöhnlicher Mensch

Als der Zug quietschend anhielt, wanderten die Gedanken des alten Mannes zurück zu diesem besonderen Tag vor etwa vierzig Jahren, welcher sein Leben und das Leben vieler anderer so nachhaltig verändert hatte.

Es war damals ein beißend kalter, klarer Januartag, genau wie heute. Er sah sich selbst wieder in dem Laden stehen, den er von seinem Vater übernommen hatte. Seinem kleinen Kurzwarenladen in dieser kleinen österreichischen Stadt.

Es war um die Mittagszeit und so zog er, einem Ritual gleich, wie jeden Tag seinen Mantel an, öffnete die Glastüre mit dem Sprung in der Scheibe, freute sich wie immer über das bimmeln der kleinen Glocke an der Türe und schloss sorgsam hinter sich ab.
Vor dem Laden schaute er sich um und beim Atmen bildete sich gleich eine hellgraue Kondenswolke vor seinem Mund. Gut gelaunt steuerte er das kleine Cafe an, welches auf der gegenüberliegenden Straßenseite lag. Wie jeden Tag wurde er von der Bedienung freundlich begrüßt, die ihm auch sogleich den

Mantel abnahm und ihn zu einem freien Tisch geleitete. Er bestellte sich eine Melange und ein paar Vanillekipferln, nahm sich eine ausliegende Tageszeitung und las die Berichte von den enormen Veränderungen in der Welt, welche die Industrialisierung mit sich brachte. Gerade erst war ein neues Jahrhundert angebrochen. Was würde es wohl alles für die Menschheit bringen? Meldungen über enorme Fortschritte in der Medizin und der Technik waren fast an der Tagesordnung. Während der Mann las zündete er sich noch eine Zigarre an und bestellte sich zum Nachtisch noch ein Gläschen Likör.

„Das Leben ist einfach zu schön!" dachte der Mann bei sich, als er das Lokal gut gelaunt verließ.

Bevor er seinen Laden wieder öffnen wollte, entschloss er sich noch zu einem kleinen Spaziergang durch den nahe gelegenen Park um den klaren Tag zu genießen. Auf dem zugefrorenen Teich spielten einige Kinder und lachten. Etwas abseits von den anderen stand dieser etwa zehn oder elfjährige, ruhige Junge mit dem der Mann schon häufiger ein paar Worte gewechselt hatte. Der Junge hatte dem Mann schon oft erzählt, dass er Künstler oder Architekt werden wolle.

Als der Mann schon fast am Teich vorbei war, hörte er auf einmal aufgeregtes Schreien. Er drehte sich um und sah, dass der kleine, schmächtige Junge eingebrochen war. Sofort lief der Mann zum Unglücksort, zog seinen Mantel aus und legte sich flach auf das Eis. Er schleuderte den Mantel in Richtung des Jungen, so dass dieser sich festhalten konnte. Mit enormer Anstrengung gelang es dem Mann, den Jungen aus dem eisigen Wasser zu ziehen. Er wickelte den Jungen in seinen Mantel und trug ihn zu seinen Eltern, die ganz in der Nähe wohnten.

Als die Mutter des Jungen den ersten Schrecken überwunden hatte und den Jungen ins Bett gepackt hatte, bedankte sie sich überschwänglich bei dem Mann für die Rettung. Dieser wirkte verlegen und verabschiedete sich nach einer kurzen Zeit mit den Worten: „Passen sie gut auf ihren Jungen auf. Ich denke, er wird bestimmt mal ein ganz außergewöhnlicher Mensch."

Ein außergewöhnlicher Mensch wurde er wirklich, dieser Hitler, dachte Isaak Rosenbaum verbittert, als seine Gedanken wieder die Gegenwart erreichten. Er starrte auf die eintätowierte Nummer auf seinem linken Unterarm als er wahrnahm, das der Zug, bestehend aus vierzig Viehwaggons, alle voll gepackt mit Menschen wie ihm, ruckelnd wieder anfuhr und in die hereingebrochene Dunkelheit in Richtung Dachau verschwand.

Der Tag an dem ich starb

Es war ein heißer, sehr schwüler Julitag. Der Himmel wirkte mit seiner bleigrauen Farbe drohend und die schwarzen, schweren Wolken standen wie eine Mahnung am Horizont. Die Luft fühlte sich schmierig und wirkte statisch aufgeladen. Es würde bestimmt bald ein heftiges Gewitter geben.

Ich ging durch den Park am Rande der Stadt um der drückenden Hitze etwas zu entkommen. Doch auch hier draußen brach mir schnell der Schweiß aus allen Poren. Das Hemd klebte an meinem Körper und nasse, dunkle Schweißflecken bildeten sich bald an Rücken, Brust sowie unter den Armen. Ich fühlte mich widerlich, obwohl ich es doch inzwischen gewöhnt war, verschwitzt zu sein. Bei jedem Schritt fühlte ich mein Herz aufgebracht klopfen, als ob es gegen mich, die unerträgliche Hitze oder gegen die gesamte Welt protestieren wollte. Die Plastiktüten mit fast meiner gesamten Habe schnitten sich in meine geschundenen Hände. Vereinzelt kamen mir Spaziergänger entgegen, die sich aber schnell bemühten, mir irgendwie aus dem Weg zu gehen. Jetzt lebte ich inzwischen fünfzehn

Jahre auf der Straße und bisher empfand ich die Winter immer schlimmer als die Sommer. Aber dieser Tag übertraf einfach alles, was ich bis dahin an Wetter erlebt hatte. „Dann doch lieber im Winter auf dem relativ warmen Abluftschacht des großen Kaufhauses verbringen" dachte ich bei mir.

Endlich kam eine Bank in Sicht und ich konnte mich setzen. Erst einmal fischte ich die noch halb volle Flasche mit dem billigen Rotwein aus einer der Tüten, nahm einen tiefen Schluck und dachte verbittert an bessere Zeiten in der Vergangenheit zurück. Während ich grübelte, kam ein etwa 4 jähriger Junge auf mich zu. Das erste Lächeln welches mir seit langem geschenkt wurde. Ich lächelte zurück. Einen kurzen Augenblick des Glücks, der jäh unterbrochen wurde, als sein Mutter ihn schnell an die Hand nahm und von mir wegzog. Wie immer: Die Menschen konnten mit so etwas wie mir nicht umgehen. Ich konnte es den Leuten nicht mal verübeln. Hatte ich früher nicht genauso über dem „Penner" gestanden? Und jetzt war ich schon seit vielen Jahren selber auf der anderen Seite des Lebens und würde sie auch nicht mehr wechseln können. Dazu war es jetzt mit meinen 61 Jahren zu spät und die Schmerzen in meinem Körper erinnerten mich daran, dass dieses Leben auf der Straße dem Menschen mehr als abträglich war. Diese Schmerzen! Sie wurden von Tag zu Tag schlimmer und veranlassten mich auch jetzt dazu, meine viel zu kleinen Schuhe auszuziehen, die Hosenbeine hoch zu krempeln und die offenen, teilweise vereiterten Wunden an meinen Beinen zu betrachten. Betrachten und etwas Luft daran lassen, das war so ziemlich alles, was ich für meinen geschundenen Körper tun konnte. Heute kamen jedoch noch die Schmerzen der Schläge hinzu, die mir am Morgen zugefügt wurden, als ich versehentlich in das Revier von zwei anderen Berbern geraten war. Das Gesetz der Straße war einfach und brutal. Schmerzen hatte ich dazu gewonnen, dafür aber meinen Schlafsack und den Mantel eingebüßt. Na Ja… bis zum Winter verging ja noch einige Zeit und ich konnte mir bestimmt irgendwo in einem Kleidercontainer oder beim Roten Kreuz Ersatz beschaffen.

Allmählich leerte sich meine Rotweinflasche. Ich würde heute wohl doch noch in die Fußgängerzone müssen, um ein paar Münzen zu bekommen. Das Betteln war eine Sache, die ich abgrundtief hasste, die mich aber all die Jahre am Leben gehalten hatte. Es war schon merkwürdig, auf welche Weise sich die Ansicht des Lebens verändern konnte. Früher waren die Familie, die Arbeit, Freunde, das

Auto und der Restaurantbesuch wichtig, heute nur der Gedanke an Schmerzen, die nächste Mahlzeit und das Geld für eine billige Flasche aus dem Supermarkt. Seit Jahren, tagein, tagaus die gleiche Jagd zum Erhalt dieses jämmerlichen Daseins. Und doch würde ich noch manches Jahr diese Ochsentour durchziehen, da war ich mir sicher.

Inzwischen hatte sich der Himmel völlig verdunkelt und es begann zu donnern. Notgedrungen zog ich diese Schuhe mit dem aufgerissenen Leder und der gebrochenen Sohle wieder über meine wunden, verschorften Füße. Ich würde mich sputen müssen, wenn ich noch vor dem Regen in die Stadt kommen wollte. Ich hatte einfach zu lange hier gesessen. Wenn es erst regnete, war das Betteln fast aussichtslos, da die Menschen dann nur griesgrämig und mit schnellen Schritten vorüber gehen würden.
Ich verließ den Park, als es anfing zu schütten. Die reinste Sintflut ergoss sich vom Himmel. So schnell es meine schmerzenden Knochen zuließen, strebte ich der Stadt mit seinen trockenen Ecken entgegen. Der Regen wurde immer dichter und die Sicht verschlechterte sich in jedem Augenblick. Mit vom Regen verschleierten Augen trat ich auf die Straße, als ich die Lichter des Lastwagens sah, der auf

mich zukam. Außer dem Rauschen des Regens hörte ich nichts und spürte auch nicht, wie der schwere Wagen mich erfasste. Ich wirbelte durch die Luft und sah meine Umgebung wie in Zeitlupe, bis ich auf den Asphalt aufschlug. Alles, was ich mein Eigentum nannte und welches mir mein Überleben sicherte, hatte sich weit um mich verstreut. Nur die kleine, zerschlissene Stoffschildkröte, die ich all die Jahre als Erinnerung an meine Familie und mein früheres Leben behalten hatte, lag in Griffweite. Schwarzes Blut, verdünnt durch den Regen, begann die kleine Schildkröte zu verfärben. Ich stellte erstaunt fest: Keine Schmerzen, das erste Mal seit langer Zeit. Meine Hand ergriff das kleine Plüschtier. Ein letzter Blitz, den ich wahrnahm, zuckte wie ein Fanal vom Himmel. Dann war nur noch Dunkelheit und Stille.

Drei Worte

tausend Gesten,
tausend Gefühle,
tausend Sorgen,
tausendmal heimlich deine Hand gehalten,
tausend Nöte,
tausend Berührungen,
tausend Ängste,
tausend auferlegte Zwänge,
tausend Tage,
tausendmal erkannt, es darf nicht sein,
tausendmal dein Haar berührt,
tausend Fragen,
tausend verbotene Küsse,
tausend verstohlene Blicke,
tausend Zweifel,
tausend Gedanken an Dich,
tausend Probleme die auf uns einstürzen,
tausend Stunden Sonnenschein,
tausend Stunden Regen,
tausend verbotene Streicheleinheiten,
tausend Argumente für uns,
tausend dagegen,
tausend Telefonate,
tausendmal zusammen gelacht und geweint,
tausend Tabus,
aber nur drei Worte: Ich liebe dich…

Killer

Nein, nein, mir geht's gut. Mir geht's wirklich sehr gut. Auch wenn ihr mich nicht verstehen könnt. Kein Wunder. Euer Horizont reicht nicht an meine Träume und meine Welt heran. Wie wollt ihr beurteilen, was ich heute Abend getan habe. Mit zehn Polizisten seid ihr reingestürmt; Habt mir mein Messer genommen. Aber das war auch das einzige was ihr konntet. Aufhalten? Mich? Niemals!!!

Als ich rein kam war der Laden gerammelt voll. Ich stand an der Tür und dachte über diesen idiotischen Amokläufer aus der Schule nach, über den sie eben im Fernsehen berichtet hatten und Politiker aller Parteien waren sich einig, Gesetze zu verschärfen um solche Dinge künftig zu verhindern. Lachhaft … Der Täter ein Witz … nur achtzehn Leute und sich selbst. Und das mit Schusswaffen und Bombe um den Bauch. Pinoccio hätte mit seiner Nase vermutlich mehr Leute erlegen können, wenn er gewollt hätte. „Gut das du die Bühne verlassen hast: Versager!"

Ich lasse den Blick durch das Lokal schweifen: An der Theke der Kerl in T-Shirt und Jeans könnte gefährlich werden. Er sieht sehr durchtrainiert und kräftig aus und wird daher der Erste sein, der dran glauben muss. Von hinten an ihn heran treten, ein schneller Schnitt und es ist aus. Danach die drei rechts von mir: Erst die Kehle von dem Bodybuilder, dann drei schnelle Stiche in den Bauch oder die Nieren. Das sollte für diese Typen reichen. Links von mir drei Mädchen mit einem Typen; Kein Problem … Jetzt bin ich bei acht. Wie toppe ich jetzt die achtzehn von dem Typen aus der Schule? An der Theke stehen noch ein paar Mädels und Jungs. Wenn ich es nur aufs verletzen und meine Quote anlege, komme ich mit denen auf fünfzehn.

Dumm gelaufen für die Bedienungen!!! Ich brauche neunzehn

Ich gehe auf die Toilette. Ich muss zwar nicht pinkeln, aber es ist eine Gelegenheit mein Klappmesser zu öffnen. Vielleicht habe ich Glück und eines dieser Arschlöcher hat Hepatitis oder etwas Ähnliches und ich kann noch ein paar anstecken. Die achtzehn schaffe ich allemal und keiner wird mich danach je vergessen!

Das wird ganz alleine meine Nacht

Ich halte das Messer aufgeklappt in meiner rechten Jackentasche, gehe an meinen Platz und warte auf die Gelegenheit um mein Werk zu beginnen. Der gedankliche Blutrausch steigert sich ins Unermessliche, wird zur Gier und ich muss einfach nur noch grinsen.

Plötzlich setzt mein Verstand setzt wieder ein und ich frage mich, was eben passiert ist. Was ging hier gerade mit mir vor?

Mit einem Papiertaschentuch wische ich mir Schweiß von der Stirn, glücklich darüber, das einfach meine Fantasie mit mir durchgegangen ist. Ich beeile mich, zu bezahle und gehe einfach friedlich nach Hause und denke: „Solche Taten lassen sich nicht verhindern und könnten jederzeit, überall passieren, wenn der Täter nur entschlossen genug ist."

(Gewidmet allen gequälten Kindern ...)

Mutter

Gestern war mein fünfter Geburtstag. Ich hatte nie eine Chance, weil du mir nie eine eingeräumt hast. Warum wurde ich überhaupt geboren?

Schon während du schwanger mit mir warst, war ich dir egal.

Nie hast du darüber nachgedacht mich wegmachen zu lassen, oder mich in eine Babyklappe zu geben. Ich kam einfach ungefragt zur Welt. Dann war ich da und ich war dir weiterhin egal.

Die ersten Monate verbrachte ich bei deiner Mutter, die sich einigermaßen um mich kümmerte. Ich bekam das Notwendige, was ich brauchte. Ich war zufrieden. Warum bist du dann auf die Idee gekommen, mich wieder zu dir zu nehmen? Ich begreife es nicht ...

Damit begann mein Leidenweg.
Ständig warst du unterwegs auf irgendwelche

Partys, kamst betrunken nach Hause und meintest, mich schlagen zu müssen, weil ich vor Einsamkeit und Hunger schrie. Du dachtest immer nur, ich nerve ...

Wenn ich mich dann endlich in den Schlaf wimmerte, hast du nicht mehr auf mich geachtet, Mutter ...

Hauptsache ich war still.

Ich war dir egal.

Später brachtest du dann immer Männer mit nach Hause. Wahrscheinlich suchtest du auch, genau wie ich, nach Geborgenheit und Zuflucht. Leider Mutter, schien ich dabei immer am falschen Platz zu sein, denn sowohl die Männer als auch du, Mutter, versuchten mich durch schütteln oder hauen ruhig zu bekommen.

Ich war dir egal.

Und du warst sehr geschickt darin, den vielen verschiedenen Ärzten die wir aufsuchten, zu erzählen, ich sei die Treppe herunter gefallen. Wir beide Mutter, wissen aber, das dem nicht so war. Du und deine Kerle, ihr hattet mich geprügelt und geschüttelt.

Inzwischen war ich dir nicht mehr egal. Ich störte!

Leider konnte ich nicht für mich selbst entscheiden. Ich wäre wohl weg gegangen oder gestorben.

Ich störte!

Dann kam einer der schlimmsten Tage, Mutter. Du hattest diesen verdammten Mistkerl mitgebracht. Er fing an, mich mit meinen inzwischen drei Jahren zu befummeln. Du, Mutter kamst in das Zimmer, hast es gesehen und nicht eingegriffen. Im Gegenteil: Du hast mit dem Mann neben meinem Bett Liebe gemacht ...
Was sage ich: Liebe? Du hast mit diesem Dreckschwein gebumst und ich lag wimmernd in meinem Bettchen daneben.

Wieder einmal war ich dir egal.

Dann brachtest du keine Männer mehr mit, sondern bliebst auf Partys und bei den Kerlen über Nacht Mutter und der Zeitpunkt, wo ich dir völlig egal war, kam näher.

Es war ein Mittwoch und du, du hast dich

wieder herumgetrieben Mutter. Aber nicht wie es sonst passierte ...

Dir war mal wieder alles, ich im Besonderen, egal.

Ganze vierzehn Tage dauerte es, bis man mich gefunden hat. Ich war verhungert, verdurstet und lag in meinem eigenen Dreck in meinem abgesperrten Zimmer. Ich hoffe, die Fete oder die Kerle waren es wert das du nicht mehr aufgetaucht bist.

Morgen ist meine Beerdigung Mutter und du wirst nicht da sein, denn ich war dir egal und du hast mich bestimmt vergessen Mutter...................

Marie

Soldat

Es war vor vielen Jahren in einem vergangen Krieg, einem aktuellen Krieg oder in einem kommenden Krieg.

Er war gerade siebzehn Jahre alt und erst seit sechs Wochen beim Militär. Viele in seinem Alter wurden jetzt einberufen und mussten nach einer kurzen Ausbildung in den Kampf. Sie waren alle begeistert bei der Sache, hatte man ihnen doch gesagt, dass sie für ihr Land und für die Ehre kämpfen würden.

Auf dem Weg zur Front kam seine Einheit, die als Ersatz für reduzierte Truppen vorgesehen war, in einen Hinterhalt. Die erste Begegnung mit dem Feind und alle seine Kameraden aus der Grundausbildung waren bereits tot. Der Junge war leicht verwundet und lebte nur noch, weil ein toter Kamerad auf ihn fiel und er sich darunter liegend, nicht rührte. Als alles vorbei war, setzte er sich alleine voller Angst unter einen Baum und wartete auf sein kommendes Ende.

Im Gedanken war er zuhause bei seiner Familie, als er plötzlich ein Geräusch wahrnahm. Gelähmt vor Furcht und mit Tränen in den Augen wartete er auf das Kommende. Die Panik ließ ihn sogar seine leichte Verletzung und die Schmerzen vergessen. Jemand trat von hinten an ihn heran und legte ihm die Hand auf die Schulter. „Nein!" Dieser Schrei war seine einzige Reaktion. „Psst!" Eine leise, beruhigende Stimme redete auf ihn ein. Hinter ihm stand eine dunkelhaarige Frau von etwa dreißig Jahren und flüsterte ihm zu: „Komm mit mir nach Hause." Mit diesen Worten zog sie den Jungen nach oben und führte ihn zu einer kleinen, schäbigen Hütte. Drinnen drückte sie ihn auf einen Stuhl, kümmerte sich um sein verletztes Bein. Danach reichte sie im Wasser und Brot und entfachte in einem offenen Ofen ein wärmendes Feuer.

Die beiden redeten lange bis in die tiefe Nacht. Die Frau richtete dem Jungen ein einfaches Lager. Am frühen Morgen, als die Dämmerung bereits heraufzog, wachte der Junge plötzlich auf, weil er bemerkte, dass sich jemand neben ihn legte. Er traute sich kaum zu atmen, als er den warmen, weichen Körper neben sich spürte. Er fragte: „Was...?" „Sei still, ich habe in diesem Krieg bereits soviel verloren. Es ist einfach nur totale Einsamkeit um mich herum." Mehr sagte sie nicht. Ohne ein weiteres Wort zog sie ihn zu sich. In dieser Nacht erlebte der Junge sein erstes Mal. Er war jetzt zwar alt genug für den Krieg, aber bisher zu jung für die erste Liebe gewesen.

Drei Tage blieb er bei der Frau, ohne das noch einer von ihnen ein Wort über diese erste Nacht verlor. Am Morgen des vierten Tages verließ der Junge, ohne die Frau zu wecken, das Haus um seine künftige Einheit zu suchen. Mit etwas Glück gelangte er unversehrt dort hin und als Einziger der vorgesehenen Verstärkung erreichte der Junge sein Ziel.

Der Krieg tobte nun schon einige Jahre und es war ein ständiger Wechsel zwischen Sieg und Niederlagen in den unzähligen Schlachten. Der Junge verlor im Angesicht der Realität des Krieges schnell jeglichen Enthusiasmus. Er lernte schnell, dass er nicht für sein Land oder die Ehre kämpfte, sondern nur um sein nacktes Leben. Die Schule des Krieges war brutal und hart.

Inzwischen waren drei Jahre ins Land gegangen und aus dem empfindsamen Jungen war ein gefühlloser Mann geworden. Scheinbar alles was ihn als Mensch ausgemacht hatte, war abgestorben. Soviel

Dreck, soviel Tod, so viele Grausamkeiten und Verstümmelungen hatten alles Sehnen, alle Gefühle und Hoffnungen in ihm erstickt.

Dann kam der Tag des letzten großen Sieges. Scheinbar das Ende des morden und verstümmeln. Überschwänglich betranken er und seine Kameraden sich. „Wir machen jetzt noch etwas Action und nehmen uns was wir kriegen können, solange es noch geht!" brüllte einer und der Mann sah seine Kameraden loslaufen. Er wusste, jetzt würden sie noch einmal plündern, brandschatzen und vergewaltigen. So war es all die Jahre gewesen, wenn sie irgendwo durch ein Dorf oder eine Stadt kamen. Gefühllos und wie Tiere waren sie inzwischen. Maschinen die nur noch funktionierten und gehorchten, aber zu keinen menschlichen Regungen mehr fähig waren.

Der Mann trat vor das Zelt um noch eine Zigarette zu rauchen. Obwohl sie schon eine ganze Weile hier waren, erkannte er jedoch erst jetzt, dass er schon einmal hier war. War es drei oder doch schon hundert Jahre her? Er sah auf dem Hügel auch wieder das Haus in dem er als junger Mann drei Tage zugebracht hatte. Dieses kleine, schäbige Haus, das inzwischen schwer beschädigt war. Der

Schreck, der ihn jetzt erfasste, ließ ihn plötzlich alles vergessen; Der Hunger, die Angst und das gesamte Leid des Krieges fielen in diesem Moment von ihm ab. Jetzt beschlich ihn eine andere, weitaus schlimmere Angst.

So schnell er konnte, rannte er zu der Hütte. Tränen rannen ihm über das Gesicht, seine Lungen schmerzten, doch er lief und lief. Als er durch die Türe stürzte, sah er als erstes seine grölenden Kameraden im Kreis stehen. Im Zentrum des Geschehens lag einer von ihnen mit heruntergelassenen Hosen auf der Frau. Unter ihren dunklen Haaren hatte sich eine große Blutlache gebildet. In der Ecke des Raumes lag ein etwa zwei- bis dreijähriges, totes Kind mit verdrehten Gliedern, weggeworfen wie ein alter Lumpen. Wortlos drehte der Mann sich um und verlies mit starrem Gesicht das alte, schäbige Haus.

Damit die nächste Geschichte nicht falsch verstanden wird: Ich liebe das Buch „Fahrenheit 451" über alles. Ich muss wirklich bewundern, welche „hellseherischen Fähigkeiten" Ray Bradbury 1953 beim Schreiben seines Buches hatte.

Traum

Dieses Mal will ich Euch nicht mit einer Kurzgeschichte langweilen (Ups.. ich meine nat. die Langeweile vertreiben) sondern gebe einfach Mal einen Traum von mir weiter.

Nicht verzweifeln, das hier ist ganz anders als alles was Ihr bisher von mir zu lesen bekommen habt und ich bin froh, das ich es geschrieben habe, und mich deshalb nicht durch diese wirren Zeilen lesen muss.

Unterbrecht mich bitte, wenn ich mit meinen Gedanken beim Erzählen immer mal wieder abschweife…

Gestern Nacht (zwischen Null und zwei Uhr…
(stimmt, ist eigentlich unwichtig)) sah ich im
Fernsehen auf Arte eine alte Schwarte aus dem
Jahr 1966, dessen Inhalt ich aus einem Buch
bereits kannte. Ich schlief vor dem Fernseher
ein und wurde dafür mit einem schrecklichen
Alptraum belohnt

Hier erst mal ein paar kurze Worte zum Buch:
Es begann eigentlich vor 31 Jahren und ich
war mit dem Zug recht lange unterwegs. In
dem fürchterlich wackelnden Wagon saßen
sehr viele Menschen und unterhielten sich,
redeten miteinander, lachten oder spielten
sogar Karten (Ich glaube, das nennt man
Kommunikation). Nachdem ich merkte, das
meine Mitreisenden kein großes Interesse
hatte, mit einem aufmüpfigen 14-jährigen zu
diskutieren, (außer einer älteren Dame, die
mich von der Qualität Ihres selbstgebackenen
Kuchen überzeugen wollte. (Brrr.. mir graust
immer noch)) entschloss ich mich, ein Buch
(genau von diesem Buch war oben die Rede…
gut bemerkt!) zu lesen. Dieses Buch hieß
Fahrenheit451 (FH451 (232° Celsius): der
Hitzegrad, bei dem Papier Feuer fängt und
verbrennt…) und ich dachte, ich könnte etwas
für meine Physiknote tun (Der Titel sprach

doch Bände, oder? Aber ich will ja nicht abschweifen). Mit Entsetzen stellte ich dann jedoch fest, das ich ein zweitklassiges Buch in der Hand hatte, welches über eine unmögliche Zukunft erzählte. Es gab dort feuerfeste Häuser. Daher hatte die Feuerwehr nur noch eine einzige Aufgabe, nämlich sich um das verbrennen von unerwünschten Büchern (allen Büchern) zu kümmern. (Und wer bitte, wenn nicht die Feuerwehr, hat es dann übernommen, die kleinen Kätzchen aus Bäumen zu retten? Ich sag doch, das es ein schlechter Schriftst... Sorry ... wieder zurück zum Thema). Die Menschen lebten recht gleichgültig, Probleme wurden mit Medikamenten (und deren Nebenwirkungen mit Medikamenten) bekämpft. Das Fernsehen wurde zum Familienersatz. In den Zügen redete keiner mit dem anderen, sondern man starrte vor sich hin, mit kleinen Kopfhören in den Ohren (Ich war mir sicher, das es so was nie geben könnte ... Man würde gar nicht mitbekommen, wo man aussteigen müsste. Pah, was für ein schlechter Autor ... Ups) Es gab Grossbildschirme im Wohnzimmer und unter den Menschen herrschte eine enorme Gleichgültigkeit und nur eine direkt übertragene Verbrecherjagd konnte so etwas wie Spannung erzeugen. (Wenn ich mir das jetzt alles hier zu Gemüte führen, stelle ich fest, das Bradbury (der

Schreiberling) noch schlechter war, als ich dachte) Letztendlich, wie in jedem billigen Roman, schlug sich die Hauptperson (Feuerwehrmann Guy Montag, (Boah, was ein billiger Name) (entschuldigt.. ich schweife ab)) auf die Seite der verfolgten Bücherfreunde.

Ihr seht, das war eine recht kurze Vorgeschichte. Jetzt zu meinem Alptraum, der so schrecklich war, das ich nicht mehr abschweifen werde. (Fahrenheit, welch ein blödes Wort… Hört sich an wie Trunkenheit ts ts ts.. egal) Also kaum war ich eingeschlafen, erlebte ich Teile des Horrors aus dem Buch und dem Film am eigenen Leib. Ich sah mich in einer feuerfesten, brandsicheren Wohnung in der drei Fernseher standen. Davon war einer riesig groß. Nirgends Bücher, dafür rannte meine Mutter Beimer hysterisch durch die Wohnung, bis Cousine Elisa aus GZSZ (blöder Name für ne Stadt) sie mit ner Ladung Chilldown niederstreckte (Noch rechtzeitig bevor Sie ins Koma fiel, bekam sie ne Ladung „Hallo Wach"… (ist also gar nix passiert)) Im Hintergrund (ich glaube es war im Bad (und es sprangen halbnackte Leute rum)) fand die totale Überwachung durch Big Brother (Da war doch 1984 schon mal was!) statt. Plötzlich hörte man ein lautes Geräusch auf dem riesigen Bildschirm und es hieß:

„Sondermeldung": Irgendein ehemaliger abgehalfterter Sportler wurde wegen Mordes durch die Polizei (ups.."von der Polizei" muss es nat. heißen) gejagt. Ich hielt es nicht mehr aus, rannte schreiend aus dem Haus und stieg in einen Bus. Die Leute starrten alle gleichgültig auf den Boden und trugen so etwas wie kleine Schmetterlinge im Ohr, aus denen leise (oder doch eher laute??) Musik??? erklang. Ich hatte mehrere Bücher dabei, die sich plötzlich (ohne das die Feuerwehr nachhelfen musste) in Asche verwandelten. Mir schoss durch den Kopf: „Wir brauchen keine Bücher verbrennen, wir verzichten leider freiwillig darauf!!"

Glücklicherweise wurde ich dann wach und stellte fest, dass alles nur ein Traum war und nichts, aber auch gar nichts davon der Realität entspricht, oder? (Oder habt Ihr etwa schon mal etwas von feuersicheren Wohnungen gehört???)

Liebe R...,

ich schreibe dir diesen Brief, denn jetzt ist es schon eine ganze Weile her, dass wir uns kennen gelernt haben. Und doch, ich muss feststellen, dass ich dich nicht wirklich kenne. Heute Abend kam ich wieder zu Euch rein und freute mich, dich zu sehen. Ich beobachtete dich und stellte fest, ich habe ein Problem mit dir: Ich kenne dich, ohne dich wirklich zu kennen. Du bist ein Rätsel für mich. Du bist ein Mensch so voller Gegensätze.

Jeden deiner Gäste lächelst du an, jedoch meist ohne mit deiner Seele zu lächeln. Du hast mich bezaubert, ohne dass ich dich je hätte durchschauen können. Und glaube mir eins: Durch Schauen kann ich!

Wie soll ich dich beschreiben? Du hast wirklich Sexappeal. Auch liebe ich deine ironische Ader wenn wir uns unterhalten. Du hast die Ausstrahlung eines Engels ... Eines Dunklen ...

Etwas in deiner Seele ist absolut finster. Du hast großen Schmerz in dir, der nach außen strahlt. Wer oder was hat dir so wehgetan, das zwei so unterschiedliche Seelen in dir wohnen können? Du bist und bleibst ein Geheimnis für mich.

Ich sehe dich hinter der Theke stehen mit deinen wundervollen, lockigen Haaren; Mit deiner unbeschreiblichen Ausstrahlung. Deine Anziehungskraft ist unbeschreiblich.

Genau so unbeschreiblich stark ist die Ader in mir, welche dich abstößt.. Dieses abstoßen ist so extrem, das es mich schon wieder anzieht.

Dein Bild auf einem Zeitschriftencover wäre der Hit.

Jedoch habe ich dich im realen Leben gesehen und nicht auf dem Cover einer Zeitung.

Ich kann es irgendwo, irgendwie nicht fassen. Du löst in mir Gefühle der widersprüchlichsten Art aus: Geilheit, Wildheit, Abartigkeit, Anziehung, Trauer, Ablehnung.

Über eines bin ich mir im Klaren, ich bin mir bei Dir gar nicht im Klaren: Ich habe dich lieben gelernt und hassen gelernt, ohne dich überhaupt zu kennen; Lobet und preiset sie, hängt und verdammt sie.

Liebe ich dich?

Hasse ich dich?

Gerade während ich diese Zeilen schreibe, schenkst du mir ein bezauberndes Lächeln, welches man nur aus der Tiefe seiner Seele verschenken kann und ich breche dabei seelisch wieder mal zusammen.

Meine Gedanken bleiben bestehen: Wer hat dir nur etwas angetan, das zwei Menschen wie sie unterschiedlicher nicht sein können in dir wohnen?

Wer nur hat dir etwas angetan?

Die ausgedrückte Philosophie der Kippen...
(...oder worüber man sinniert, wenn man betrunken ist...)

Die Gespräche um mich herum scheinen mit jeden Glas das ich trinke, immer oberflächlicher zu werden, so dass ich damit beginne, mein Umfeld zu sondieren. Die Anwesenden interessieren mich jedoch nicht wirklich und so suche ich nach einer Ablenkung. Mein Blick fällt auf den Aschenbecher vor mir. Darin: Drei Kippen, unterschiedlich weit geraucht, bevor sie ausgedrückt wurden und die mich jetzt förmlich anzusprechen scheinen. Irgendwie merkwürdig. Die Längste, nur halb aufgeraucht, liegt von mir aus betrachtet oben. In der Mitte eine Zigarette, zu zwei dritteln geraucht, ganz unten eine komplett geraucht. Wie ich vorher beobachtet hatte, stammten die drei Zigaretten auch von unterschiedlichen Rauchern.

Was mag diese Menschen dazu bewegt haben, ihre Zigaretten so unterschiedlich lang auszudrücken? Würden sie es bei der nächsten Zigarette wieder genauso machen oder würde sich ein völlig anderes Bild ergeben. War es wohlmöglich Angewohnheit oder doch nur reiner Zufall? Ich entschließe mich, die Sache genau weiter zu verfolgen.

Bei der komplett gequalmten scheint es einfach zu sein. Die Fluppe hat einfach geschmeckt, oder der Raucher hat, nur gewohnheitsmäßig zu Ende geraucht. Aber nun wird es komplizierter. Warum drückt jemand seine Zigarette schon nach wenigen Zügen aus? Mein nicht mehr ganz klarer Verstand versucht hinter dieses Rätsel zu kommen, während ich mir noch ein Bier genehmige. Die Zigarette könnte ihm nicht geschmeckt haben. Schnell verwerfe ich diesen Gedanken, da mir diese Lösung eher für die nur zur Hälfte gerauchten Kippe zutreffend zu sein scheint. Also werde ich versuchen, anders an die Lösung des Problems heran zu gehen. Ich versuche mich auf die Gesichter der drei Raucher zu konzentrieren, um dort eventuell die Antwort zu finden.
Leider lassen mein Zustand und die Tatsache, dass jetzt alle drei Raucher fast komplett aufgerauchte Ziggis zwischen den Fingern halten, es nicht zu, Licht in das Dunkel zu bringen. Erschwert wird das Ganze auch noch dadurch, dass das harmonische Bild der drei Kippen durch diverse, noch weitere hinzugekommene Zigarettenreste und Asche

völlig zerstört wurde. Inzwischen habe ich mir ein weiteres Bier bestellt, um mich geistig noch einmal aufzuputschen und um das Geheimnis doch noch zu lüften zu können. Die Gedanken schweifen jetzt immer häufiger ab. Was ist bloß los mit mir? Bin ich nicht mehr in der Lage, eine einfache Frage zu lösen? Ich muss unbedingt wieder auf den Kern zurückkommen!

Die drei Kippen!!!

Konzentrieren, konzentrieren...

Das ist der Moment, als ich vom Hocker falle und meinen philosophischen Gedanken ein jähes Ende finden.

Herzklopfen

Es war bereits dunkel, als der Mann in gebeugter Haltung über die graue, kalt wirkende Eisenbahnbrücke schritt. Seine Schritte klangen dumpf durch die Stille und erinnerten Ihn an Herzklopfen. Genau solch ein Klopfen war es, das er vor wenigen Stunden in dem Krankenzimmer durch das Stethoskop gehört hatte. Warum nur war er denn nicht in der Lage gewesen, diesem Kind zu helfen?

Er blieb stehen. Seine Hände umkrampften das niedrige Geländer. Der Fluss unter Ihm gurgelte erschreckt und die stählerne Brücke schien zu stöhnen, als der Wind sich in den zahlreichen Verstrebungen verfing.

Schon so oft hatte der Arzt diese Operation durchgeführt, jedes Mal erfolgreich, denn es war doch sein Spezialgebiet. Jeder Handgriff war eingeübt, tausendmal die gleichen Schnitte vollzogen. Das Operationsteam war bestens eingespielt. Und doch!

Man hatte ihm geraten, dieses Kind nicht zu operieren, sondern es dieses Mal einem anderen Kollegen zu überlassen. Er hatte jedoch darauf bestanden, den Eingriff selbst durchzuführen.

Wieder sah der Mann seine Tochter vor sich, wie Sie auf dem Rasen im Sonnenschein spielte. Das flachsblonde, lange Haar flatterte lustig im Wind, wie die Flagge auf einem Schiff. Er erinnerte sich an ihr fröhliches Lachen und gemeinsame wundervolle Stunden.
Seine Gedanken gerieten immer mehr durcheinander. Er begann sich selbst zu hassen. Seine Hände hatten im entscheidenden Augenblick versagt. Bei seiner eigenen Tochter! Warum Ich? Ich lebe? Gott kann es nicht geben! Hass, Tod, Schmerz … Warum? Sterben, Sterben! Sterben! Sterben?

Ein kühler Windstoss kam vom Fluss und holte seine Gedanken in die Wirklichkeit zurück. Es musste irgendwie weitergehen. Viele Aufgaben warteten noch auf Ihn. Er wandte sich vom Fluss ab, ging weiter und seine Schritte klangen wie das Herzklopfen eines Kindes.